只會英文不夠看，
跟著莉香老師掌握第二外語，
讓日文會話成為你的
斜槓加薪術！

＼ 全書MP3 QRcode ／

因手機系統不
同，音檔建議直
接下載至電腦！

🔊 **Track 007**

おはようございます
o ha yo- go za i ma su
早安

🔍 **使用時機大解密** ·················

　　一大早遇到同學、同事、朋友所說的打招呼用語。「おはよう
ございます」是尊敬說法，面對長者或不熟識的人時使用。較
熟朋友或家人請說「おはよう」就可以了。如果晚上才開業的
公司或店家，員工見面的第一句也會以「おはよう」來打招呼
喔！千萬不要覺得奇怪喔！下列對話中的「<ruby>林<rt>はやし</rt></ruby> さん」是日本人
喔～，台灣人的姓氏唸成「<ruby>林<rt>りん</rt></ruby> さん」。

💬 **會話試試看** ·······························

莉香老師教你
運用會話：讓有
超過千名教學經
驗的莉香老師，
教你在什麼時
候運用這些會話
吧！

> <ruby>林<rt>はやし</rt></ruby> さん：<ruby>部 長<rt>ぶ ちょう</rt></ruby>！おはようございます！
> ha yashi san : bu cho-, o ha yo- go za i ma su

林先生：部長！早安！

> <ruby>部 長<rt>ぶ ちょう</rt></ruby>：よ！<ruby>林<rt>はやし</rt></ruby>さん！おはよう！
> bucho- : yo, ha ya shi san . o ha yo-

部長：啊！林先生早啊！

菜鳥→達人，
紮實累積實力，不怕想說不敢說！

🔊 **Track 007**

こんにちは！
ko n ni chi wa
你好！

◯ **使用時機大解密** ·············

一大早遇到朋友說「おはようございます」，白天說「こんにちは」，晚上說「こんばんは」就對囉！基本上來說呢，大約在早上10點過後，到太陽下山之前，見到朋友時，都可以用「こんにちは」來跟對方打招呼喲！那麼，太陽下山之後，要怎麼跟別人打招呼呢？請看下一句喔！

會話試試看

<ひとみ>瞳：<かく>郭さん、こんにちは！
hi to mi : ka ku san, konni chi wa

<かく>郭さん：こんにちは、<ひとみ>瞳ちゃん！
ka ku san : kon ni chi wa, hi to mi chan

小瞳：郭小姐，你好！

郭小姐：你好啊，小瞳！

會話試試看：學習語言最重要的就是大聲說出口！列出最常見的情境和對話，一起開口練習會話吧！

情境分明：在對的時間用對的會話！情境分類幫你篩選常用會話，讓你不怕說錯話！

外師親錄：東京腔口音，學習最道地、最標準的發音！

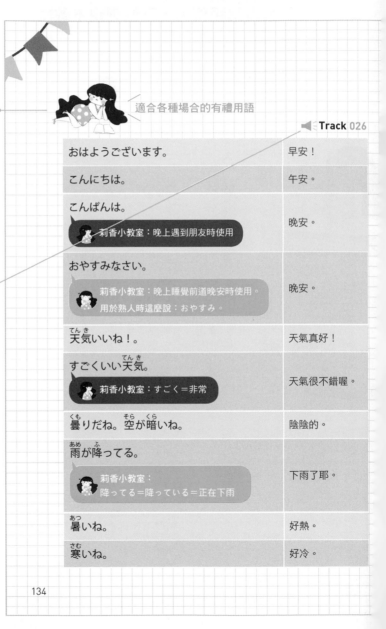

適合各種場合的有禮用語

◀ **Track** 026

おはようございます。	早安！
こんにちは。	午安。
こんばんは。 莉香小教室：晚上遇到朋友時使用	晚安。
おやすみなさい。 莉香小教室：晚上睡覺前道晚安時使用。 用於熟人時這麼說：おやすみ。	晚安。
天気(てんき)いいね！。	天氣真好！
すごくいい天気(てんき)。 莉香小教室：すごく＝非常	天氣很不錯喔。
曇(くも)りだね。空(そら)が暗(くら)いね。	陰陰的。
雨(あめ)が降(ふ)ってる。 莉香小教室： 降ってる＝降っている＝正在下雨	下雨了耶。
暑(あつ)いね。	好熱。
寒(さむ)いね。	好冷。

最近、どう？調子、どう？ 莉香小教室：調子＝狀況	最近如何？
お元気ですか？	你好嗎？
元気？	好嗎？
お蔭様で、元気です。	托您的福，我很好。
元気ですよ。	我很好。
そこそこかな。 莉香小教室：そこそこ＝馬馬虎虎、還好	還不錯。
ちょっとね。 莉香小教室：用於不想明講時	不太好。
最悪！	很糟！
同じです。変わりませんよ。 莉香小教室：変わる＝改變	老樣子。
順調にいってる？ 莉香小教室：「いってる」來自「行く」意為「進行」	一切還順利嗎？

近、どう？調子、ど

莉香小教室：調子＝

気ですか？

莉香小教室：
補充文法、使用
關鍵，學習更
廣、更深入！

はじめに
作者序

皆さん、こんにちは！お元気ですか。

艱困的疫情過去了，你還好嗎？疫情對全球帶來衝擊，就連工作型態也開始改變。線上辦公成為未來趨勢，即使待在家，也能接到來自世界各地的工作。個人接案的選擇變得多元，企業要的員工也不能再只會英文！

日本在國際上是很重要的國家，很多企業會和日本做生意，很需要會講日文的優秀員工。因此，掌握日文在求職市場上能夠有優勢。但是，日文不能只會五十音，還要會講才能讓自己的履歷更有吸引力！

在本書中，我先為大家複習基礎的五十音，再來整理了很多日本人幾乎每天都會用到的會話，最後彙整在不同情境中的實用句子，讓你無論是工作上要和日本人應對、臨時需要前往日本出差，或者日常想要交個日本朋友，都能隨時派上用場！

如果你想學習日文，就讓這本書幫助你迅速掌握日文，快點學起來，增加你的工作機會，展開斜槓人生吧！

赤名莉香

目次

斜槓前準備
五十音總複習

五十音表

五十音可分為「平假名」與「片假名」，平假名取自於中國草書的形體，可分為「清音」、「濁音」、「半濁音」、「拗音」。「清音」總共有46個，原本為50個，也就是大家常聽到的「五十音」，但因為や行的い及え，わ行的い、う、え和あ行的い、う、え重複，所以只有46個，其中包含一個「鼻音」——「ん」。

◀€**Track** 001

	あ段 平假名|片假名	い段 平假名|片假名	う段 平假名|片假名	え段 平假名|片假名	お段 平假名|片假名
あ行	あ|ア a	い|イ i	う|ウ u	え|エ e	お|オ o
か行	か|カ ka	き|キ ki	く|ク ku	け|ケ ke	こ|コ ko
さ行	さ|サ sa	し|シ shi	す|ス su	せ|セ se	そ|ソ so
た行	た|タ ta	ち|チ chi	つ|ツ tsu	て|テ te	と|ト to
な行	な|ナ na	に|ニ ni	ぬ|ヌ nu	ね|ネ ne	の|ノ no
は行	は|ハ ha	ひ|ヒ hi	ふ|フ fu	へ|ヘ he	ほ|ホ ho
ま行	ま|マ ma	み|ミ mi	む|ム mu	め|メ me	も|モ mo
や行	や|ヤ ya		ゆ|ユ yu		よ|ヨ yo
ら行	ら|ラ ra	り|リ ri	る|ル ru	れ|レ re	ろ|ロ ro
わ行	わ|ワ wa				を|ヲ wo
鼻音	ん|ン n				

濁音表

由カ、サ、タ、ハ行所構成，書寫時在右上角加上「゛」符號，發音時喉音較重。

◀ Track 002

	平假名	片假名	平假名	片假名	平假名	片假名	平假名	片假名	平假名	片假名
が行	が ga	ガ	ぎ gi	ギ	ぐ gu	グ	げ ge	ゲ	ご go	ゴ
ざ行	ざ za	ザ	じ ji	ジ	ず zu	ズ	ぜ ze	ゼ	ぞ zo	ゾ
だ行	だ da	ダ	ぢ ji	ヂ	づ zu	ヅ	で de	デ	ど do	ド
ば行	ば ba	バ	び bi	ビ	ぶ bu	ブ	べ be	ベ	ぼ bo	ボ

半濁音表

由ハ行所構成，書寫時在右上角加上「゜」符號，發音時為破折音的發音。

◀ Track 002

	平假名	片假名	平假名	片假名	平假名	片假名	平假名	片假名	平假名	片假名
ぱ行	ぱ pa	パ	ぴ pi	ピ	ぷ pu	プ	ぺ pe	ペ	ぽ po	ポ

拗音表

拗音由イ行中除了イ之外的キ、シ、チ、ニ、ヒ、ミ、リ分別加上小寫的「ャ」、「ュ」、「ョ」所構成，書寫時要寫成如「キャ、キュ、キョ」。

▶ **Track 003**

平假名	片假名	平假名	片假名	平假名	片假名
きゃ|キャ kya		きゅ|キュ kyu		きょ|キョ kyo	
しゃ|シャ sha		しゅ|シュ shu		しょ|ショ sho	
ちゃ|チャ cha		ちゅ|チュ chu		ちょ|チョ cho	
にゃ|ニャ nya		にゅ|ニュ nyu		にょ|ニョ nyo	
ひゃ|ヒャ hya		ひゅ|ヒュ hyu		ひょ|ヒョ hyo	
みゃ|ミャ mya		みゅ|ミュ myu		みょ|ミョ myo	

平假名	片假名	平假名	片假名	平假名	片假名
りゃ|リャ rya		りゅ|リュ ryu		りょ|リョ ryo	
ぎゃ|ギャ gya		ぎゅ|ギュ gyu		ぎょ|ギョ gyo	
じゃ|ジャ ja		じゅ|ジュ ju		じょ|ジョ jo	
ぢゃ|ヂャ ja		ぢゅ|ヂュ ju		ぢょ|ヂョ jo	
びゃ|ビャ bya		びゅ|ビュ byu		びょ|ビョ byo	
ぴゃ|ピャ pya		ぴゅ|ピュ pyu		ぴょ|ピョ pyo	

重音發音規則

重音是一個詞或句子當中，各個音節發音之高低及強弱變化。日語的重音大多為「高低」之分別，每一個發音代表一個音節（一拍）。

日語的重音可分為「平板型」、「頭高型」、「中高型」、「尾高型」等四種，在重音的標記方面，一般字典及書籍通常採用「數字」（如 1 2 3 4 等）或以劃線的方式來標記（例如 かお、えき、ひこうき、ゆき）。

🔈 **Track** 004　先聽一遍老師發音，再試著自己發音喔！

1 平板型
沒有高音核，第一個音節發略低音，其餘音節發同高音。

- さくら 0 〔桜〕櫻花
  sa ku ra

- つくえ 0 〔机〕桌子
  tsuku e

2 頭高型

高音核在第一個音節，也就是説，第一個音節要發較高的聲音，第二個音節之後發較低的音。

- ねこ ① 〔猫〕貓
  ne ko

- きのこ ① 〔茸〕蘑菇
  ki no ko

3 中高型

高音核在中間音節，發音時高音核前後音節要發較低的聲音，中間音節發高音。

- おかし ② 〔お菓子〕點心、甜點
  O ka shi

- みそしる ① 〔味噌汁〕味噌湯
  mi so shi ru

4 尾高型

發音時第一個音節低，其餘音節發同高音，當後面接助詞（如は、が）時，助詞需發較低的音。

- やま 2 〔山〕 山
  ya ma

加上助詞時 → やまは…、やまが…

- へや 2 〔部屋〕 房間
  he ya

加上助詞時 → へやは…、へやが…

★小叮嚀

「重音」是非常重要的喲！同樣的假名要是唸錯的話，單字的意思可就差了十萬八千里囉！

尾高型
はし 2 〔橋〕 橋

頭高型
あめ 1 〔雨〕 下雨

頭高型
はし 1 〔箸〕 筷子

平板型
あめ 0 〔飴〕 糖果

長音發音規則

　　兩個母音同時出現時，將前一音節的音，拉長一倍發音。「片假名」中遇長音時，只需要用「－」符號表示即可，例如「ケーキ（蛋糕）」。

◀ **Track 005** 　先聽一遍老師發音，再試著自己發音喔！

あ段音＋あ

- おか<u>あ</u>さん（媽媽）
- おば<u>あ</u>さん（奶奶）

い段音＋い

- おに<u>い</u>さん（哥哥）
- おじ<u>い</u>さん（爺爺）

う段音＋う

- <u>くう</u>き（空氣）
- <u>こお</u>り（冰塊）

え段音＋え、い

- お<u>ねえ</u>さん（姐姐）
- <u>えい</u>ご（英語）

お段音＋お、う

- <u>ぞう</u>（大象）
- <u>おお</u>きい（大的）

促音發音規則

　　發音時暫時停頓一拍，繼續發下個音節，因為停頓的時間是短促性的，所以叫做「促音」，而促音通常出現在「か、さ、た、ぱ」等四行假名之前，唸的時候要停頓一拍。促音的標記方法為「っ」，寫的時候將小寫的「っ」寫在前一個假名的右下側即可，例如：「かっぱ（河童）」、「きって（郵票）」、「スリッパ（拖鞋）」等。

◀ **Track** 006　先聽一遍老師發音，再試著自己發音喔！

● **がっこう**　gakkō　〔 **学校** 〕學校

● **きっぷ**　kippu　〔 **切符** 〕票

- トラック　torakku〔**truck**〕卡車

- マッチ　macchi〔**match**〕火柴

★小叮嚀

當單字裡有促音時，不需寫出「っ」的羅馬拼音，只需要重複寫出下一個假名的第一個子音即可。例如，為せっけん時，（肥皂）表記為「sekken」，將原本的「tsu」去掉，重複「けke」的第一個子音「k」即可。

斜槓加薪術
從菜鳥
變身老鳥的
必學會話

おはようございます
o ha yo- go za i ma su
早安

🔍 使用時機大解密 ....

一大早遇到同學、同事、朋友所説的打招呼用語。「おはよう ございます」是尊敬説法，面對長者或不熟識的人時使用。較 熟朋友或家人請説「おはよう」就可以了。如果晚上才開業的 公司或店家，員工見面的第一句也會以「おはよう」來打招呼 喔！千萬不要覺得奇怪喔！下列對話中的「林さん」是日本人 喔～，台灣人的姓氏唸成「林さん」。

 會話試試看 ....

林さん：部長！おはようございます！ ha yashi san：bu cho-, o ha yo- go za i ma su	林先生：部長！早安！
部長：よ！林さん！おはよう！ bucho-：yo, ha ya shi san . o ha yo-	部長：啊！林先生早啊！

こんにちは！
ko n ni chi wa
你好！

 使用時機大解密 ⋯⋯⋯⋯⋯⋯⋯⋯⋯⋯⋯⋯

一大早遇到朋友說「おはようございます」，白天說「こんにちは」，晚上說「こんばんは」就對囉！基本上來說呢，大約在早上10點過後，到太陽下山之前，見到朋友時，都可以用「こんにちは」來跟對方打招呼喲！那麼，太陽下山之後，要怎麼跟別人打招呼呢？請看下一句喔！

會話試試看 ⋯⋯⋯⋯⋯⋯⋯⋯⋯⋯⋯⋯⋯⋯⋯⋯⋯⋯

瞳（ひとみ）：郭（かく）さん、こんにちは！
hi to mi : ka ku san, konni chi wa

小瞳：郭小姐，你好！

郭（かく）さん：こんにちは、瞳（ひとみ）ちゃん！
ka ku san : kon ni chi wa, hi to mi chan

郭小姐：你好啊，小瞳！

こんばんは
kon ban wa
晚安

 使用時機大解密 ....

你是不是已經開始感到疑惑，到底一天當中，在哪個時段遇到朋友時，該用哪一種招呼用語？其實很簡單喔～使用原則是很彈性的，只要別在一大早見到朋友時，用「こんばんは」來跟朋友打招呼就可以啦！「こんばん」是「今天晚上」的意思，加上「は」就變成了一個「連語」，意思為「晚安」，讀的時候要讀成「こんばんわ」。

 會話試試看 ....

（夕方 7時頃）	（傍晚7點鐘左右）
隆：高瀬さん、こんばんは！ ta ka shi : ta ka se san, kon ban wa	小隆：高瀬先生你好！
高瀬：隆さん、こんばんは！ ta ka se : ta ka shi san, kon ban wa	高瀬：小隆你好！

どうも
do- mo
謝謝／你好

 使用時機大解密 ··

只要遇到朋友或跟別人見面，突然忘記其它招呼語怎麼說的時候，只要用笑容加上「どうも」，一切就OK囉！除了與人打招呼之外，「どうも」也可以用來表達感謝之意喔！「どうも」可以代替「こんにちは（你好）」、「どうもありがとう（非常感謝）」喔！只要記住這一個字，就可省去背誦其它單字的工夫囉！

會話試試看 ···

希美：先生、コーヒーどうぞ！
ki mi : sen se i, ko- hi- do-zo

先生：どうも。
sen se i : do-mo

希美：老師，請喝咖啡！

老師：謝謝！

どうぞ
do- zo
請

""

🔍 使用時機大解密 ....

「どうぞ」的用法跟英文中的「Please」用法一樣，這個字非
常地方便。例如「どうぞ入^{はい}ってください」（請進）、「どう
ぞ食^たべてください」（請用）、「どうぞ飲^のんでください」（請
用）等，都可以用適當的手勢加上「どうぞ」這個字就可以了。
所以也是簡單又必學的會話喔！

💬 會話試試看 ....

（ロビーで）	（在大廳）
受付^{うけつけ}：こちらです。どうぞ。 u ke tsu ke : ko chi ra de su. do- zo	櫃台人員：這邊請。
お客^{きゃく}：はい、ありがとうございます。 o kya ku : ha i, a ri ga to- go za i ma su	客人：好的，謝謝！

Track 008

いい天気ですね
i- ten ki de su ne
天氣真好

 使用時機大解密 ....

台灣人見面打招呼，最常以「吃飽了嗎？」、「要去哪裡啊？」來打招呼，但日本人見面時習慣以當時的天氣狀況做為會話開端。一來可以避免尷尬，不會無話可聊，二來可以趁在說天氣狀況時想接下來的話題喔！「いい」意思為「好的」，「天気」的意思為「天氣」。

會話試試看 ....

主婦1：こんにちは！
shu fu i chi : kon ni chi wa

主婦2：こんにちは！いい天気ですね。
shu fu ni : kon ni chi wa ! i- ten ki de su ne

主婦1：你好

主婦2：你好！今天天氣真好。

寒いですね
sa mu i de su ne
好冷喔

 使用時機大解密

既然日本人較常用天氣的狀況做為會話開端，那麼在天氣較台灣寒冷的日本，當然不能錯過這句話了。「寒い」指的是天氣寒冷，不能用於形容東西的溫度喔！下雪氣溫到達零度以下，猶如冷凍庫的溫度時，可以用「冷えていますね」來表示「很凍」的感覺。

 **會話試試看**

律子：おはよう！寒いですね。
ri tsu ko : o ha yo- , sa mu i de su ne

律子：早安！好冷喔！

高志：そうだね。寒いね。
ta ka shi : so- da ne . sa mu i ne

高志：是啊，今天真冷！

<ruby>暑<rt>あつ</rt></ruby>いですね
a tsu i de su ne
好熱喔

 使用時機大解密 ....

日本的四季非常明顯，東京的夏天也是不輸台灣的呢！7、8月時氣溫也可能高達38度或直逼40度，這時就能用「<ruby>暑<rt>あつ</rt></ruby>いですね」來打招呼了。但不同於「<ruby>寒<rt>さむ</rt></ruby>い」，「<ruby>暑<rt>あつ</rt></ruby>い」除了可以表示氣溫之外，也可將漢字寫成「<ruby>熱<rt>あつ</rt></ruby>い」，表示東西的溫度「很燙」喔。

💬 **會話試試看** ....

<ruby>由紀子<rt>ゆ き こ</rt></ruby>：<ruby>毎日<rt>まいにち</rt></ruby><ruby>暑<rt>あつ</rt></ruby>いですね。
yu ki ko : ma i ni chi a tsu i de su ne

由紀子：每天都好熱喔。

<ruby>健司<rt>けん じ</rt></ruby>：そうですね。<ruby>暑<rt>あつ</rt></ruby>いですね。
ken ji : so- de su ne. a tsu i de su ne

健司：是啊，好熱喔。

お休みなさい
o ya su mi na sa i
晚安

 使用時機大解密

「こんばんは」是晚上見面時的問候語，「おやすみなさい」是接近睡覺時間與別人道別或者睡前説的問候語，比「おやすみ」有禮貌一點。發現到了嗎？這裡的「晚安」，跟前一頁所説的「晚安──こんばんは」不一樣喔！這裡的「晚安」是在睡覺前使用的，而「こんばんは」則是在晚上遇到朋友時用來打招呼的！可別説錯囉！

會話試試看

母：丸子、早く寝なさい！
ha ha : ma ru ko, ha ya ku ne na sa i

媽媽：丸子，趕快上床睡覺！

丸子：はーい、おかあさん、お休みなさい！
ma ru ko : ha i, o ka- san, o ya su mi na sa i

丸子：好啦～，媽，晚安！

初めまして
はじ
ha ji me ma shi te
初次見面

 使用時機大解密 ....

「初めまして」是「第一次見面」的意思。中文裡沒有類似的
はじ
用法，但日本人只要與初次見面的朋友見面都會說這一句話來
打招呼！第一次見面因為彼此不熟，所以一定要用這種有禮貌
的問候方式喔！後面通常會再加一句「どうぞよろしく」（請
多多指教）。

 會話試試看 ....

林：初めまして、林です。どうぞ りん　はじ　　　　りん よろしく！ rin : ha ji me ma shi te, rin de su. do- zo yo ro shi ku	林：初次見面，我姓林。請 　　多多指教！
山田：初めまして、山田です。ど やまだ　はじ　　　　やまだ うぞよろしく！ ya ma da : ha ji me ma shi te, ya ma da de su. do- zo yo ro shi ku	山田：初次見面，我是山田 　　　請多多指教！

どうぞよろしく
do - zo yo ro shi ku

お願いします
o ne ga i shi ma su

請多多指教

 🔍 **使用時機大解密** ·····················

這句話不限於第一次自我介紹時才能用喔！日本人習慣在電子郵件的後面，或者在談完事情，希望對方多多指教、多多包涵時都可以使用。背後涵義為「請您多多見諒、請您多多指導」。這句話可以適時化解尷尬氣氛，也可以不須把話說得太明白，以免傷了感情啦！

 💬 **會話試試看** ·····················

高橋：これからもよろしくお願いします。
ta ka ha shi : ko re ka ra mo yo ro shi ku o ne ga i shi ma su

高橋：今後也請多多指教。

長谷川：こちらこそ、どうぞよろしくお願いします。
ha se ga wa : ko chi ra ko so, do - zo yo ro shi ku o ne ga i shi ma su

長谷川：我才是要請您多多指教呢！

お元気ですか
o gen ki de su ka
你好嗎？

🔍 **使用時機大解密** ·······································

最常聽到的問候語。面對較熟的朋友時說「元気？」就可以了。最前面的「お」是表示尊敬對方的意思，所以回答時要說「元気です」（我很好）或「元気」（很好）。要是過得不怎麼樣的話，還可以用「まあまあです」來表示自己過得「馬馬虎虎」！

💬 **會話試試看** ·······································

真由：太郎！お元気ですか。
ma yu : ta ro-, o gen ki de su ka

真由：太郎！你好嗎？

太郎：まあまあですね。
ta ro- : ma- ma- de su ne

太郎：馬馬虎虎啊！

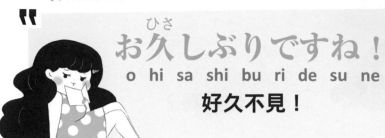

お久しぶりですね！
o hi sa shi bu ri de su ne
好久不見！

使用時機大解密

好久沒看到朋友時就可派上用場囉！較熟的朋友可以説「お久しぶり」或「久しぶり」就可以了。有一句也常聽到的「暫くですね」則是用於短時間未見面時的打招呼。「久しぶり」是表示「隔了好久、許久」的副詞，所以「お久しぶりですね」的意思為「好久不見」。

會話試試看

節子：松子！お久しぶり！ se tsu ko : ma tsu ko, o hi sa shi bu ri	節子：松子，好久不見！
松子：そうね。久しぶりね。 ma tsu ko : so- ne, hi sa shi bu ri ne	松子：對啊，好久不見了！

失礼します
しつれい

shi tsu re i shi ma su

告辭了

🔍 使用時機大解密

這個字有「再見、告辭」的意思，在離開聚會的時候，就可以說這一句「失礼します」來表示告辭之意。另外「失礼します」也有「打擾」的意思喔！比方說敲門進去辦公室時，可以在對方說了「どうぞ」（請進）之後，踏進去時說聲「失礼します」喔！

💬 會話試試看

（課長の家で）
か ちょう うち

（在課長家）

高島：もう 10 時ですね。そろそ
たかしま   じゅう じ
ろ失礼します。
しつれい

高島：已經 10 點了耶！差
不多該告辭了。

ta ka shi ma : mo- ju- ji de su ne. so ro so ro
shi tsu re i shi ma su.

課長：そうですか…。
か ちょう

課長：這樣子啊……。

ka cho- : so- de su ka

さようなら
sa yo- na ra
再見

 使用時機大解密

大家應該對這句話不陌生吧！一般台灣人想到日文的「再見」，大概都會想到這一句吧！不過，「さようなら」大部分用於分開時間較長時，「じゃね」是用在比較短時間的離別，但這最好跟較熟的朋友或家人說，跟不熟的朋友或上司、長輩說「再見」時，還是要用「失礼します」會比較有禮貌喔！

 **會話試試看**

（空港で）

理恵：皆さん、さようなら！
ri e : mi na san, sa yo- na ra

みんな：さようなら！
min na : sa yo- na ra

（在機場）

理惠：各位，再見！

大家：再見！

お邪魔します
o ja ma shi ma su
打擾您了

"

🔍 使用時機大解密 ....

進到別人家裡時可能會打擾到別人，一定要記得説聲「お邪魔します」再進門，這可是基本禮貌呢！「邪魔」有「打擾、妨礙、拜訪」的意思，所以「お邪魔します」整句意思為「打擾了」。「邪魔」也可單獨使用，例如覺得別人在旁邊很煩，或妨礙到自己做事時，也可以説對方為「者」（討厭鬼）！約會時，旁邊的大燈泡也是「者」（電燈泡）喔！

💬 會話試試看 ....

広田：どうぞ、入ってください。 hi ro ta : do- zo. ha i tte ku da sai	廣田：請進。
松田：お邪魔します。 ma tsu da : o ja ma shi ma su	松田：打擾了。

いただきます
i ta da ki ma su
開動了

使用時機大解密

台灣人吃東西之前並沒有「感謝」別人的習慣,比方說感謝煮菜的人、上天等等(除了特定的宗教者之外)。但是,日本人吃東西前有感謝上天的習慣喔!吃東西、用餐之前,一定會說這一句「いただきます」來表示「感謝之意」,雖然中文翻成「我開動了」但其實裡面是含著很大的感謝之意喔!此外,在收到別人禮物時,也可說「いただきます」來表示「收下禮物,並感謝對方」之意!

會話試試看

松田:いただきます。 ma tsu da : i ta da ki ma su	松田:我開動了。
課長:はい、どうぞ。 ka cho- : hai, do- zo	課長:請享用。

ご馳走様でした
ち そうさま

go chi so- sa ma de shi ta

謝謝招待

 使用時機大解密 ···

吃完東西時說這句話，一來是感恩自己吃到美味的食物，二來是告訴別人自己已經吃飽了。日本人到餐廳吃飯時，也會在吃完飯時跟店家說「ご馳走様でした」喔！一來告訴店家東西很好吃，二來就是告訴店家，我吃飽了，你們可以把碗盤收走了！「ご馳走」的意思為「美味的食物、豐盛的飯菜」！
ち そう

會話試試看 ···

松田：ご馳走様でした。
まつだ　　ち そうさま
　　　おいしかったです。

ma tsu da : go chi so- sa ma de shi ta,
　　　　　 o i shi ka tta de su

課長：お粗末様でした。
かちょう　そ まつさま

ka cho- : o so ma tsu sa ma de shi ta

松田：我吃飽了，謝謝您的招待！好好吃喔！

課長：沒有啦，粗茶淡飯。

Q 有一天當你走在路上，看到許久不見的
莉香老師，你該怎麼跟他打招呼呢？

A. おはようございます

B. こんにちは！

C. どうぞ

D. お久^{ひさ}しぶりですね！

答：D

ただいま
ta da i ma
我回來了

🔍 **使用時機大解密** ⋯⋯⋯⋯⋯⋯⋯⋯⋯⋯⋯⋯⋯⋯

回到家的時候要説聲「ただいま」，告訴家人自己已經到家，「ただいま」的漢字寫成「只今」，表示「我現在已經站在這裡」，所以意思為「我回來了」。這句話不一定是進到家門時用，比方説長久住在國外的人，難得回到日本，也可以在踏進日本土地的那一瞬間，説聲「ただいま」。

💬 **會話試試看** ⋯⋯⋯⋯⋯⋯⋯⋯⋯⋯⋯⋯⋯⋯⋯⋯

（玄関で）	（在玄關）
木村：ただいま！ ki mu ra：ta da i ma	木村：我回來了！
母：お帰り！ ha ha：o ka e ri	母：歡迎回家～！

お帰<small>かえ</small>りなさい
o ka e ri na sa i
歡迎回來

 使用時機大解密

回到家的時候要説聲「ただいま」，告訴家人自己已經到家，此時在家裡的人則要説聲「お帰<small>かえ</small>りなさい」來表示對回家的人的歡迎之意！例如許久未回公司的舊同事、久未回國的朋友回國，也可以向對方説「お帰<small>かえ</small>りなさい」來表示「歡迎回來」之意喔！比較熟的朋友説「お帰<small>かえ</small>り」就可以了。

 **會話試試看**

（玄関<small>げんかん</small>で）	（在玄關）
母<small>はは</small>：ただいま！ ha ha : ta da i ma	母：我回來了！
木村<small>き むら</small>：お帰<small>かえ</small>りなさい！ ki mu ra : o ka e ri na sa i	木村：歡迎回來！

行って来ます
i tte ki ma su
我出門了

"

 使用時機大解密 ･････････････････････

當我們要出門時，記得跟家人説聲「行って来ます」，表示自己即將出門。「行って来ます」為「行きます」（去）加上「来ます」（來）而來，當我們要出門時説這句話，表示告訴家人，我們只是「出去一下就馬上回來」，所以才會在出門前説「行って来ます」。

💬 **會話試試看** ･････････････････････

沙織：**行って来ます。** sa o ri : i tte ki ma su	沙織：我出門了！
父：**いってらっしゃい！** chi chi : i tte ra ssha i	父：路上小心喔！

行ってらっしゃい
i tte ra ssha i
路上小心

 使用時機大解密 ·····················

當家人説「行って来ます」，在家裡的人，也別忘了跟要出門的家人叮嚀一下，説聲「行ってらっしゃい」叮嚀對方路上要小心，還有祝福對方出門後一切順利的意思喔！「行ってらっしゃい」除了有叫對方「路上小心」的意思之外，還有祝對方「一路順風、順利」的意思在。

 **會話試試看** ·····················

| 文子：あっ、もう9時！行って来ます！
fu mi ko : a, mo- ku ji, i tte ki ma su | 文子：啊！已經9點了！我要出門了！ |
| 家族：行ってらっしゃい！
ka zo ku : i tte ra ssha i | 家人：路上小心啊！ |

◀ Track 011

いらっしゃいませ
i ra ssha i ma se
歡迎光臨

 使用時機大解密 ·········

大家應該對這句話耳熟能詳吧！這句話是用在營業場所，業主
用來歡迎客人的用語喔～是非常尊敬的表現方式。如果是一般
聚會，歡迎某人到來時，可以說「いらっしゃい」（歡迎你）
就可以囉！

會話試試看 ·········

店員：いらっしゃいませ！何名様 ですか。 ten in : i ra ssha i ma se, nan me i sa ma de su ka	店員：歡迎光臨，請問幾位 　　　呢？
お客：二人です。 o kya ku : fu ta ri de su	客人：二位

ありがとうございます
a ri ga to- go za i ma su
謝謝

 使用時機大解密 ....

當我們想要表達無比的感謝之意時可加上「どうも」，說成「どうもありがとうございます」（非常感謝）喔！或者只說「どうも」也可以。「ありがとうございます」是比較尊敬的用法，如果是較熟的朋友或平輩，可以只說「ありがとう」即可。

會話試試看 ....

小林（こばやし）：いろいろありがとうございます。 ko ba ya shi : i ro i ro a ri ga to- go za i ma su	小林：謝謝您幫我許多事。
浅野（あさの）：いいえ。 a sa no : i - e	淺野：不客氣。

どういたしまして
do- i ta shi ma shi te
不客氣

 使用時機大解密 ....

當別人向自己説「ありがとうございます」表示道謝時，當然
也要客氣回應喔～！除了「どういたしまして」之外，還可以
説「いいえ」（不會啦）或「とんでもありません」（沒什麼啦）
來表示沒什麼啦，小事一椿的意思。

會話試試看 ....

山田（やまだ）：どうもありがとうございま した。 ya ma da : do- mo a ri ga to- go za i ma shi ta	山田：非常謝謝您。
梨惠（りえ）：いいえ、どういたしまして！ ri e : i- e, do- i ta shi ma shi te	梨惠：不，不客氣！

すみません
su mi ma sen
不好意思

"

 使用時機大解密 ....

「すみません」除了可用來跟別人道歉之外，當我們到店裡要買東西，有事要叫店員或看不到店員時，也可以說「すみません」來吸引店員的注意，或者當我們在路上要請別人借過時，也可用「すみません」來引起別人的注意喔！「すみません」的另一個說法為「すまない」，使用的對象以男生居多，形容詞的「悪い」（不好的、壞的）也有「對不起」的意思使用者也以男生居多。

 **會話試試看** ....

（電車の中）	（電車裡面）
文子：あっ、すみません！ fu mi ko : a, su mi ma sen	文子：啊，對不起！
男：大丈夫です。 o to ko : da i jo- bu de su	男：沒關係。

054

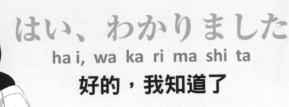

はい、わかりました
ha i, wa ka ri ma shi ta
好的，我知道了

 使用時機大解密 ······················

想到日商上班嗎？想到日本打工嗎？想當好員工、好學生嗎？
那就常把這句話掛在嘴邊吧！這句話是表示自己已經聽懂對方
的意思，將照對方指示的方式去做事。「はい」的意思是「好
的」。「わかりました」意思是「我懂了、我知道了」，單獨
使用的話可用於自己已經能夠理解某件事的時候。

 **會話試試看** ·······················

課長：早くしてください。
ka cho- : ha ya ku shi te ku da sa i

課長：請快一點！

スタッフ：はい、わかりました。
su ta ffu : hai, wa ka ri ma shi ta

工作人員：是的，我知道
了。

お疲れ様でした
つか　　さま
o tsu ka re sa ma de shi ta
辛苦了

🔍 **使用時機大解密** ⋯⋯⋯⋯⋯⋯⋯⋯⋯⋯⋯⋯⋯⋯

下班或下課的時候，或者聚會、應酬要結束時，日本人常會以這句話來向同事或同學表達慰勞、感謝之意。所以這句話也常被當做「再見」的意思來使用，但這句話比單純的「さようなら」或「失礼します」包含了更多的感謝之意喔！

💬 **會話試試看** ⋯⋯⋯⋯⋯⋯⋯⋯⋯⋯⋯⋯⋯⋯⋯⋯⋯

部長：じゃ、お疲れ様でした。
ぶ ちょう　　　　　　つか さま
bu cho- : ja, o tsu ka re sa ma de shi ta

部長：那麼我先走了，大家辛苦了。

課長：お疲れ様でした。
か ちょう　　つか さま
ka cho- : o tsu ka re sa ma de shi ta

課長：您辛苦了！

Q 進到了餐廳裡面，發現竟然沒有店員過來招呼自己，這時你肚子快餓死了！要說什麼話來呼喚店員呢？

A. はい、わかりました

B. すみません

C. お帰^{かえ}りなさい

D. 行^いって来^きます

答：B

駅はどこですか
e ki wa do ko de su ka
車站在哪裡？

"

 使用時機大解密 ....

在日本萬一迷路的話，只要找到「駅」（車站）就不用擔心囉！所以「駅」這個字是一定要會的囉！「〜はどこですか」意思是，「〜在哪裡呢？」前面只要接表地點的名詞就可以囉！例如デパート（百貨公司）、レストラン（餐廳）、銀行（銀行）等。就可以問出該地點的所在地囉！

 **會話試試看** ....

外国人：すみません、駅はどこですか。
ga i ko ku jin : su mi ma sen, e ki wa do ko de su ka

外國人：不好意思，請問車站在哪裡呢？

女：そちらです。
on na : so chi ra de su

女：在那裡。

ここはどこですか
ko ko wa do ko de su ka
這裡是哪裡？

 使用時機大解密 ••••••••••••••••••••••••••••••••••

這句話對自助旅行到日本的同學來説，是一定要學的啦！尤其在熱鬧的東京裡面，高樓大廈林立，很容易不知道自己身處哪裡。就算看地圖也必須知道自己的所在地，用這句就對啦！「ここ」的意思為「這裡」。

💬 **會話試試看** ••••••••••••••••••••••••••••••••••

健司 （けんじ）：すみません、ここはどこですか。 ken ji : su mi ma sen, ko ko wa do ko de su ka	健司：不好意思，請問這裡是哪裡？
警察 （けいさつ）：ここは表参道（おもてさんどう）ですよ。 ke i sa tsu : ko ko wa o mo te san do- de su yo	警察：這裡是表參道喔。

いくらですか
i ku ra de su ka

多少錢？

"

🔍 **使用時機大解密** ....

日本是個很好血拼的地方呢！所以這一句絕對不能不會！「い
くら」的意思為「多少錢」，加上「ですか」會比較有禮貌喔。
另外，除了這個說法之外，也可以說「お値段は？」（這個東
西的價格是？）。

💬 **會話試試看** ....

客：**いくらですか。**
kya ku : i ku ra de su ka

客人：多少錢呢？

店員：**全部で千円です。**
ten in : zen bu de sen en de su

店員：總共一千元。

注文をお願いします
ちゅうもん　　　ねが

chu- mon wo o ne ga i shi ma su

我要點餐，麻煩你

 使用時機大解密

進到餐廳裡面，服務生久久都不來幫自己點餐，或者自己已決定好要點的餐點之後，可以跟服務生說這句話。「注文」有訂購、點餐的意思。如果各位想透過日本網拍網站買東西的話，也會常看到「注文」這個字，指的是「訂單」的意思。「ご注文は？」意思是「您要點什麼？」。

會話試試看

客：すみません、注文をお願いします。 きゃく　　　　　　　　ちゅうもん　　　ねが kya ku : su mi ma sen, chu- mon wo o ne ga i shi ma su	客人：不好意思，我要點餐，麻煩您。
店員：はい、ご注文は？ てんいん　　　　　　ちゅうもん ten in : ha i, go chyu- mon wa	店員：好的，你要點什麼呢？

水をください
mi zu wo ku da sa i
請給我開水

 使用時機大解密 ·······················

到日本用餐時，不管冬天還是夏天，日本的餐廳都會送上一杯冰涼的開水。這是為了要讓客人在吃東西之前，能先中和一下嘴巴的味道才能享受店裡的美食。「～をください」的意思是「請給我～」。「水」指的是「室溫的開水」，「熱水」叫做「おゆ」。

💬 會話試試看 ·······························

客：すみません、水をください。 kya ku : su mi ma sen, mi zu wo ku da sa i	客人：不好意思，請給我開水。
店員：はい、少々お待ちください。 ten in : ha i, sho- sho- o ma chi ku da sa i	店員：好的，請稍等一下。

メニューをください
me nyu- wo ku da sa i
請給我菜單

使用時機大解密

在日本點餐時習慣先點啤酒或飲料，這一點和台灣有很大的不同。先舉杯喊聲「乾杯^{かんぱい}」（舉杯！）之後再開始用餐。所以當舉杯之後要點餐時，請跟服務生要菜單。這時就是這句話派上用場的時候囉！「メニュー」來自於英文的「menu」，意思同樣為「菜單」。

會話試試看

客^{きゃく}：あのう、メニューをください。
kya ku : ano-, me nyu- wo ku da sa i

客人：麻煩請給我菜單。

店員^{てんいん}：はい、どうぞ。
ten in : ha i, do- zo

店員：在這裡，請看。

これをください
ko re wo ku da sa i
我要買這個

 🔍 使用時機大解密 ··

這句話適用於自己看了商品後，決定要購買時說。意思為「請幫我包起來」、「我要買這個東西」的意思。所以當各位在日本看到喜愛商品，決定買下來的時候，請愉快地跟店員說「これをください」吧！如果想請店員做免費包裝，請跟店員說「プレゼントです」（這是禮物）就可以了。

 💬 會話試試看 ···

客^{きゃく}：じゃ、これをください。 kya ku : ja, ko re wo ku da sa i	客人：那麼，我要買這個。
店員^{てんいん}：はい、ありがとうございます。 ten in : hai, a ri ga to- go za i ma su	店員：好的，謝謝您。

カードでお願いします
ka- do de o ne ga i shi ma su
我要刷卡

 使用時機大解密 ....

「カードでお願いします」比較有禮貌，簡潔一點的說法為「カードで」。「現金」的說法就叫做「現金」，「付現」的說法跟此句一樣，換個單字就可以了，「付現」說成「現金でお願いします」。「カード」是「クレジットカード」的省略語，源自於英語的「credit card」，意思為「信用卡」。

 **會話試試看** ....

客：カードでお願いします。
kya ku : ka- do de o ne ga i shi ma su

客人：麻煩你我要刷卡。

店員：はい、お預かりします。
ten in : ha i, o a zu ka ri shi ma su

店員：好的，跟您收信用卡。

走了好久的路，終於找到了一間不錯的拉麵店。一口氣把桌上的水都喝光了。好想再喝一杯喔～這時你要怎麼跟店員說呢？

A. メニューをください

B. 注文をお願いします
   <small>ちゅうもん　ねが</small>

C. 水をください
   <small>みず</small>

D. カードでお願いします
   <small>ねが</small>

答：C

お<ruby>会計<rt>かいけい</rt></ruby>お<ruby>願<rt>ねが</rt></ruby>いします
o ka i ke i o ne ga i shi ma su
我要結帳

 使用時機大解密 ....

日本有些拉麵店、牛丼屋、定食店可以用買食券的方式便可直接用餐。吃完付帳之前在結帳前請喊一下這一句就可以了。「<ruby>会計<rt>かいけい</rt></ruby>」是「算帳、付錢」的意思，要請店家結帳時，記得説「お<ruby>会計<rt>かいけい</rt></ruby>お<ruby>願<rt>ねが</rt></ruby>いします」就沒錯啦！除了這個説法之外，還可以説「お<ruby>勘定<rt>かんじょう</rt></ruby>お<ruby>願<rt>ねが</rt></ruby>いします」！

會話試試看 ....

<ruby>客<rt>きゃく</rt></ruby>：すみません、お<ruby>会計<rt>かいけい</rt></ruby>お<ruby>願<rt>ねが</rt></ruby>いします。 kya ku : su mi ma sen, o ka i ke i o ne ga i shi ma su	客人：不好意思，麻煩您我要結帳。
<ruby>店員<rt>てんいん</rt></ruby>：はい、<ruby>少々<rt>しょうしょう</rt></ruby>お<ruby>待<rt>ま</rt></ruby>ちください。 ten in : ha i , sho- sho- o ma chi ku da sa i	店員：好的，請您稍等一下。

🔊 **Track 014**

チェックインお願い
che kku in o ne ga i

します
shi ma su

我要登記住房

🔍 **使用時機大解密**

這句話用於住宿時，舉凡住民宿、飯店等都可使用。「チェックイン」意思為「登記住房」，來自英語「Check in」。加上「お願いします」（麻煩你）就很有禮貌囉！要辦理退房時則說成「チェックアウトお願いします」（麻煩你要我退房）。「チェックアウト」來自英語「Check out」。

 **會話試試看**

客：チェックインお願いします。
kya ku : che kku in o ne ga i shi ma su

フロント：はい、お名前をお願いします。
fu ron to : ha i, o na ma e wo o ne ga i shi ma su

客人：麻煩你我要登記住房。

櫃台：好的，麻煩給我您的大名。

切符売り場はどこですか
ki ppu u ri ba wa do ko de su ka
售票處在哪裡？

🔍 使用時機大解密

日本電車非常地發達，想買票時找不到售票處，可以試著問一下身邊的日本人喔！不過，日本的車站大都會大大地寫著「きっぷ」（票），看到這個字就表示售票處到囉！「売り場」的意思是「賣場」，除了售票處之外，還有「靴売り場」（鞋子賣場）、「かばん売り場」（包包賣場）、「食料品売り場」（食品賣場）等。

💬 會話試試看

（駅で）	（在車站）
客：すみません、切符売り場はどこですか kya ku : su mi ma sen, ki ppu u ri ba wa do ko de su ka	客人：不好意思，請問售票處在哪裡？
駅員：そちらです。 e ki in : so chi ra de su	站務人員：在那裡。

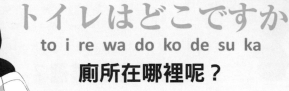

トイレはどこですか
to i re wa do ko de su ka
廁所在哪裡呢？

 使用時機大解密

日本的便利商店大多附設公共廁所供民眾使用，在日本有內急的時候可以到就近的便利商店找看看有沒有廁所。「トイレ」的意思是「廁所」，也可以說成「お手洗い」（洗手間）。另外提醒大家一下，日本的衛生紙是可以直接丟入馬桶沖掉的喔！除了女性的衛生用品之外，請入境隨俗把衛生紙丟入馬桶吧！

💬 **會話試試看**

（デパートで）

客：あのう、トイレはどこですか。
kya ku : a no-, to i re wa do ko de su ka

店員：二階でございます。
ten in : ni ka i de go za i ma su

（在百貨公司）

客人：嗯～請問廁所在哪裡呢？

店員：在二樓。

Q 走在街上突然內急！糟糕！趕緊找個人問廁所在哪裡？該怎麼問呢？

A. トイレはどこですか

B. カードでお願いします
　　　　　ねが

C. これをください

D. ここはどこですか

答：A

この近^{ちか}くですか
ko no chi ka ku de su ka
在這附近嗎？

使用時機大解密

這句話最適合找不到目的地的你使用囉！「近^{ちか}く」的意思是「附近」，加上「この」（這個）意思為「這附近」。建議同學也可以學習表示方向的名詞，有助於快速找到目的地喔。這些名詞有前^{まえ}（前面）、後^{うし}ろ（後面）、右^{みぎ}（右邊）、左^{ひだり}（左邊）、上^{うえ}（上面）、下^{した}（下面）、東^{ひがし}（東邊）、西^{にし}（西邊）、南^{みなみ}（南邊）、北^{きた}（北邊）、隣^{となり}（隔壁）。

會話試試看

絵^え美^み：郵^{ゆう}便^{びん}局^{きょく}はこの近^{ちか}くですか。

e mi : yu- bin kyo ku wa ko no chi ka ku de su ka

繪美：郵局在這附近嗎？

女^{おんな}：そうですね。あのビルの隣^{となり}です。

on na : so- de su ne, a no bi ru no to na ri de su

女：是的。在那棟大樓的隔壁。

試着してもいいですか
shi cha ku shi te mo i- de su ka
我可以試穿嗎？

"

使用時機大解密 ·············

買衣服時當然要先試穿囉！想試穿時，就可以説這句話告知店員自己要試穿了！除了這個説法之外，還可以説「試着したいんですが…。」（我想試穿）、「試着できますか」（可以試穿嗎？）。「試着」是「試穿」的意思，可用在試穿衣服或鞋子時，「試吃」的説法為「試食」，想試吃時，一樣可以説「試食してもいいですか」。

會話試試看 ·············

客：すみません、試着してもいいですか。
kya ku : su mi ma sen, shi cha ku shi te mo i-
de su ka

客人：不好意思，我可以試穿看看嗎？

店員：はい、こちらへどうぞ。
ten in : ha i, ko chi ra he do- zo

店員：好的，這邊請。

見ているだけです
mi te i ru da ke de su
我只是看一下而已

🔍 **使用時機大解密** ....

「だけ」意思為「只有」的意思，所以「見ているだけ」的意思為「看看而已」。「いかがでしょうか」意思是「您覺得如何呢？」，有向某人推薦某物的意思。當你只是 Window Shopping 時，可以和店員說這句話就 OK 囉！日本的店員一樣會親切對待你的。

💬 **會話試試看** ....

店員：この服いかがでしょうか。
ten in : ko no fu ku i ka ga de so- ka

客：すみません、見ているだけです。
kya ku : su mi ma sen, mi te i ru da ke de su

店員：這件衣服您覺得怎麼樣呢？

客人：不好意思，我只是看看而已。

またにします
ma ta ni shi ma su
我再考慮看看

🔍 **使用時機大解密** ･･････････････････････････

「また」的意思是「再～、又～」，「～にします」意思為「下決定、決定」的意思。當你看了一樣商品，但還無法立刻下決定時，可不要不發一語就溜掉了，可以先跟日本店員說「またにします」，表示自己再考慮看看就可以囉！「買得」的意思為「值得買、買了就賺到」的意思。

💬 **會話試試看** ･･････････････････････････

てんいん いま かいどく
店員：今お買得ですよ。
ten in : i ma o ka i do ku de su yo

店員：現在在特價喔！

きゃく
客：ありがとうございます。
　　またにします。
kya ku : a ri ga to- go za i ma su.
　　　 ma ta ni shi ma su

客人：謝謝你。我再考慮看看。

S/M/L サイズが
e su / e mu / e ru sa i zu ga

ありますか
a ri ma su ka

有 S/M/L 尺寸嗎？

 使用時機大解密 ⋯⋯⋯⋯⋯⋯⋯⋯⋯⋯⋯⋯⋯⋯

一般來説，日本的尺寸偏小。尺寸大致可分為「S（エス）」、「M（エム）」、「L（エル）」、「XL（エックスエル）」「～がありますか」意思為「有～嗎？」。如果不知道尺寸，也可以問店員「もっと大きいのがありますか」（有沒有大一點的？）、「もっと小さいのがありますか」（有沒有小一點的？）。

 會話試試看 ⋯⋯⋯⋯⋯⋯⋯⋯⋯⋯⋯⋯⋯⋯⋯⋯⋯

客：すみません、Mサイズがありますか。
kya ku : su mi ma sen, e mu sa i zu ga a ri ma su ka

客人：不好意思，有 M 尺寸嗎？

店員：はい、少々お待ちください。
ten in : ha i, sho- sho- o ma chi ku da sa i

店員：有的，請稍等一下。

<ruby>免税<rt>めんぜい</rt></ruby>できますか
men ze i de ki ma su ka
可以免稅嗎？

 使用時機大解密 ....

只要在日本的同一個百貨公司，或者同一家電器行購買超過一萬元日幣的商品，就能憑護照和收據享受退稅的優惠喔！有時一般的店家也能退稅喔！在買東西之前，可以先問店員商品是否可以退稅。如果可以退稅的話，請記得跟店員索取レシート（收據）喔！「～できますか」意思為「可以～嗎」，免稅中心叫做「<ruby>免税<rt>めんぜい</rt></ruby>コーナー」。

 **會話試試看** ....

<ruby>客<rt>きゃく</rt></ruby>：この<ruby>商品<rt>しょうひん</rt></ruby>は<ruby>免税<rt>めんぜい</rt></ruby>できますか。
kya ku : ko no sho- hin wa men ze i de ki
ma su ka

客人：這個商品可以免稅嗎？

<ruby>店員<rt>てんいん</rt></ruby>：はい、できます。
ten in : ha i, de ki ma su

店員：是的，可以的。

何階ですか
なんがい
nan ga i de su ka

幾樓呢？

 使用時機大解密

樓梯叫做「階段（かいだん）」，所以「何階（なんがい）」的意思為「幾樓？」。樓層從一樓到十樓的説法分別是一階（いっかい）（一樓）、二階（にかい）（二樓）、三階（さんがい）（三樓）、四階（よんかい）（四樓）、五階（ごかい）（五樓）、六階（ろっかい）（六樓）、七階（ななかい）（七樓）、八階（はっかい）（八樓）、九階（きゅうかい）（九樓）、十階（じゅっかい）（十樓）、地下（ちか）（地下室）。

💬 **會話試試看**

客（きゃく）：すみません、おもちゃ売（う）り場（ば）は何階（なんがい）ですか。

kya ku : su mi ma sen, o mo cha u ri ba wa nan gai de su ka

客人：不好意思，玩具賣場在幾樓呢？

店員（てんいん）：5階（ごかい）でございます。

ten in : go ka i de go za i ma su

店員：在5樓。

<ruby>安<rt>やす</rt></ruby>くしてくださいませんか
ya su ku shi te ku da sa i ma sen ka
可以算便宜一點嗎？

 使用時機大解密 ··

殺價囉！跟老闆殺價要有禮貌喔。可以問對方「<ruby>安<rt>やす</rt></ruby>くしてください ませんか」（可不可以算便宜一點），也可以說「もう<ruby>少<rt>すこ</rt></ruby> し<ruby>安<rt>やす</rt></ruby>くして！」（再算便宜一點）。「<ruby>安<rt>やす</rt></ruby>い」是形容詞「便宜的」， 相反詞是「<ruby>高<rt>たか</rt></ruby>い」（昂貴的）。也可以說「もうすこし<ruby>勉強<rt>べんきょう</rt></ruby>し なさい」（再算便宜一點），這個「<ruby>勉強<rt>べんきょう</rt></ruby>」很有趣喔！有「用 功讀書」的意思，也有請老闆「降價」的意思。

 **會話試試看** ·······································

<ruby>客<rt>きゃく</rt></ruby>：ちょっと<ruby>高<rt>たか</rt></ruby>いですね。<ruby>安<rt>やす</rt></ruby>く してくださいませんか。
kya ku : cho tto ta ka i de su ne. ya su ku shi te ku da sa i ma sen ka

客人：有點貴耶！可以算便 宜一點嗎？

―――――――――――

<ruby>店員<rt>てんいん</rt></ruby>：<ruby>全部<rt>ぜんぶ</rt></ruby>で 2 <ruby>千円<rt>せんえん</rt></ruby>にしましょう か。
ten in : zen bu de ni sen en ni shi ma sho- ka

店員：一共算你 2 千元好 了。

エアーメールで
e a- me- ru de
<ruby>願<rt>ねが</rt></ruby>いします
o ne ga i shi ma su
我要寄航空信

 使用時機大解密 ⋯⋯⋯⋯⋯⋯⋯⋯⋯⋯⋯⋯⋯⋯⋯⋯⋯⋯

自己到日本郵局寄信很簡單喔。寫上地址，跟郵局人員這麼說就可以了。「エアーメール」意思是航空信。「でお<ruby>願<rt>ねが</rt></ruby>いします」意思為「麻煩你以～處理」。除航空信之外，還有<ruby>船便<rt>ふなびん</rt></ruby>（船運）、<ruby>速達<rt>そくたつ</rt></ruby>（限時、掛號信）的用法。

💬 會話試試看 ⋯⋯⋯⋯⋯⋯⋯⋯⋯⋯⋯⋯⋯⋯⋯⋯⋯⋯⋯⋯⋯

<ruby>女<rt>おんな</rt></ruby>：すみません、エアーメールで<ruby>願<rt>ねが</rt></ruby>いします。

on na : su mi ma sen, e a- me- ru de o ne ga i shi ma su

女：不好意思，麻煩您我要寄航空信。

<ruby>郵便局員<rt>ゆうびんきょくいん</rt></ruby>：はい、２５０<ruby>円<rt>にひゃくごじゅうえん</rt></ruby>です。

yu- bin kyo ku in : ha i, ni hya ku go ju- en de su

郵局人員：好的，250 元。

どのくらいかかりますか
do no ku ra i ka ka ri ma su ka
大概要花多久時間呢？

 使用時機大解密 ••••••••••••••••••••••••••••••••

寄信回台灣或者到日本辦事情、乘車到另外一個地方時，當你
想知道需要花費多少時間時，這句就能派上用場囉！「どのく
らい」意思為「多久？」，「かかります」的意思是「花費」
的意思。「幾小時？」説成「何時間ですか」，「幾分鐘」説
成「何分ですか」。

 會話試試看 ••••••••••••••••••••••••••••••••

客：どのくらいかかりますか。
kya ku : do no ku ra i ka ka ri ma su ka

郵便局員：大体一週間ですね。
yu- bin kyo ku in : da i ta i i sshu- kan de su
ne

客人：大概會花多久時間
　　　呢？

郵局人員：大概一個星期左
　　　　　右。

ごめんなさい
go men na sa i
對不起

🔍 **使用時機大解密**

「ごめんなさい」的用法近似英語中的 I'm sorry. 的用法，用於侵犯別人或者真的令對方生氣時使用。「すみません」的用法較近英語中的 Excuse me. 的用法。用來喚起對方注意、點餐、請求別人時的話題開端等。「もういい」在這裡的意思為「算了」。

💬 **會話試試看**

<ruby>男<rt>おとこ</rt></ruby>：ごめんなさい！ o to ko : go men na sa i	男：對不起！
<ruby>女<rt>おんな</rt></ruby>：もういい！ on na : mo- i-	女：算了！

手伝ってくださいませんか
te tsu da tte ku da sai ma sen ka
您可以幫我嗎？

"

 使用時機大解密 ··············

需要別人幫助時，就不用客氣啦！只要有禮貌地向別人說「手伝ってくださいませんか」，對方應該都會很樂意幫忙你的喲！假如是自己想幫助別人的話，可以說「手伝いましょうか」（讓我來幫你吧！）。或者也可以說「ちょっと手伝ってくれない」。「ちょっと」的意思為「一下子」。

會話試試看 ··············

女：すみません、ちょっと手伝ってくださいませんか。
on na : su mi ma sen, cho tto te tsu da tte ku da sa i ma sen ka

女：不好意思，您可以幫我嗎？

男：はい、どうしたんですか。
o to ko : ha i, do- shi tan de su ka

男：好啊，怎麼了？

お願いします
o ne ga i shi ma su
求求你

"

使用時機大解密 ⋯⋯⋯⋯⋯⋯⋯⋯⋯⋯⋯⋯⋯⋯⋯⋯⋯⋯⋯⋯⋯⋯

各位應該常在日劇中聽到這句「お願いします」吧！有事情要拜託別人、請求別人時，就趕快跟對方說「お願いします」求求情吧！「お願いします」的常體説法為「お願い」。「そうですね」在這裡不為「贊同」的意思，表示這個人正在考慮，有點猶豫不決的感覺。

會話試試看 ⋯⋯⋯⋯⋯⋯⋯⋯⋯⋯⋯⋯⋯⋯⋯⋯⋯⋯⋯⋯⋯⋯⋯⋯⋯⋯

女：お願いします。助けてください。 on na : o ne ga i shi ma su. ta su ke te ku da sa i	女：求求你。請幫幫我。
友達：そうですね。 to mo da chi : so- de su ne	朋友：這個嘛……。

なんとかしてください
nan to ka shi te ku da sa i
請幫我想辦法

使用時機大解密

「何<ruby>なん</ruby>とかしてください」意思為「請想辦法幫我解決」的意思，通常用這句話時，表示當事者已經束手無策了！另一句類似的說法為「何<ruby>なん</ruby>とかなります」，意思為「船到橋頭自然直」，但這個情況比較樂觀，表示事情總會有解決的一天。「サボリ」的意思為「蹺課」。

會話試試看

娘<ruby>むすめ</ruby>：お父<ruby>とう</ruby>さん、なんとかしてください。 mu su me : o to- san, nan to ka shi te ku da sa i	女兒：爸爸，請你幫我想個辦法。
父<ruby>ちち</ruby>：どうしてサボリがこんなに多<ruby>おお</ruby>いの？ chi chi : do- shi te sa bo ri ga kon na ni o- i no	爸爸：為什麼妳會蹺這麼多課呢？

助けてください
たす
ta su ke te ku da sa i
請幫幫我

"

🔍 使用時機大解密

當自己的生命安全受到威脅時，一定要大聲喊出「助けてください」向周圍的人求救喔！「助けてください」是比較有禮貌的說法，緊急時只要說「助けて！」（救命！）就可以了。「助ける」的意思是「救命、救人」，另一個相似的動詞為「助かる」，意思為「得救、獲得幫助」。得救之後，就可以說「助かった！」（得救了）。

💬 會話試試看

女：助けてください！助けて！ おんな　たす　　　　　　たす on na : ta su ke te ku da sa i. ta su ke te	女：請幫幫我！救命！
警察：どうしたんですか。 けいさつ ke i sa tsu : do- shi tan de su ka	警察：怎麼了？

ちょっと待ってください
cho tto ma tte ku da sai
請稍等一下

🔍 **使用時機大解密** ···

這句話好像應該大家常聽到吧！雖然它是日語，但似乎已成了台語的「外來語」了呢！請別人稍等一下時，就說「ちょっと待ってください」，或者說較簡單的「ちょっと待って」也 OK 喔！除了「請等一下」的用法之外，我們還可以說「ずっと待っています」（我會一直等你）。「讓你久等了」說成「お待たせしました」。「呼びます」意思為「呼叫、呼喊」的意思。

💬 **會話試試看** ···

女：ちょっと待ってください。
　　すぐ呼びますので。

on na : cho tto ma tte ku da sai. su gu yo bi
ma su no de

女：請稍等一下。我立刻去
　　叫他。

男：はい、ありがとうございます。

o to ko : ha i , a ri ga to- go za i ma su

男：好的，謝謝您。

勘弁してください
かんべん

kan ben shi te ku da sa i

請原諒我

 使用時機大解密 ················

「勘弁」的意思為「原諒、饒恕、寬恕」的意思，所以「勘弁
してください」整句的意思為「請饒了我吧！」。做錯事想請
求對方原諒時可以說「勘弁してください」。除了這個說法之
外，也可以說「許してください」（請原諒我），或「もう
一度、チャンスをください」（請再給我一次機會）等。

會話試試看 ················

男：お願いだから、勘弁してく
ださい。

o to ko : o ne ga i da ka ra, kan ben shi te
ku da sa i

男：求求妳，請妳原諒我。

女：絶対許しませんから。

on na : ze tta i yu ru shi ma sen ka ra

女：我絕對不會原諒你的。

信じてください
しん
shin ji te ku da sa i

請相信我

🔍 **使用時機大解密** ....

當別人不相信你，或者要重新取得他人信任時，請別忘了這一句「信じてください」、「信じて！」都可以喲！「信じる」意思為「相信」，「不相信」的說法為「信じません」。

💬 **會話試試看** ....

男：信じてくださいよ。
おとこ　しん
o to ko : shin ji te ku da sa i yo

男：請妳相信我。

女：もう二回目ですよ。
おんな　　にかいめ
on na : mo- ni ka i me de su yo

女：這已經是第二次了。

お世話になりました
o se wa ni na ri ma shi ta

受您照顧了

"

 使用時機大解密 ....

　　「世話」的意思是「照顧」的意思，「〜ました」為過去式的
表現方式，因此這句話用於經過一段時間後，感謝對方之前的
照顧時使用。「いろいろ」的意思為「多方面的、各方面的」，
表示許多地方都受對方許多照顧。

 **會話試試看** ....

学生（がくせい）：いろいろお世話になりまし 　　　　た。 ga ku se i : i ro i ro o se wa ni na ri ma shi ta	學生：謝謝您的多方照顧。
先生（せんせい）：いいえ、こちらこそ。 sen se i : i- e, ko chi ra ko so	老師：不會，我也是。

成果驗收

走在日本街頭，突然皮包被搶了！怎麼辦！要說什麼話吸引路人注意，請路人幫自己忙呢？

A. 勘弁（かんべん）してください

B. ちょっと待（ま）ってください

C. 助（たす）けてください

D. お願（ねが）いします

答：C

お世話になります
（せ　わ）
o se wa ni na ri ma su
以後請多多關照

"

 使用時機大解密 ⋯⋯⋯⋯⋯⋯⋯⋯⋯⋯⋯⋯⋯⋯⋯⋯

這句話用於剛到新環境需要別人多方照顧時使用，例如剛進入
新公司、剛搬新家、或者認識一位新朋友時都可以說這句喔！
別於以上一句的過去式 ──「なりました」，這一句話因為是
代表未來有許多事麻煩照顧，因此用的是「なります」未來式
的表現方式。

 會話試試看 ⋯⋯⋯⋯⋯⋯⋯⋯⋯⋯⋯⋯⋯⋯⋯⋯⋯⋯⋯

加藤：これからお世話になります。
（か とう）　　　　　　（せ わ）
ka to- : ko re ka ra o se wa ni na ri ma su

加藤：今後要受您照顧了。

課長：いいえ、こちらこそ！
（か ちょう）
ka cho- : i- e, ko chi ra ko so

課長：別這麼説，我也是。

これからもよろしく
ko re ka ra mo yo ro shi ku
今後也請多多指教

🔍 使用時機大解密

「これから」表示「日後、今後、從現在開始」的意思。日本人習慣在商業書信、電子郵件、或商談結束後說這句話喔！表示日後仍有許多地方需要對方多多指教，同時亦有請對方「多多幫忙」之意喔！

💬 會話試試看

_{もり た}
森田：これからもよろしくお願い
**　　　します。**
mo ri ta : ko re ka ra mo yo ro shi ku o ne
ga i shi ma su

森田：今後還請多多指教。

_{ぶ ちょう}
部長：いいえ、こちらこそよろ
**　　　しくお願いします。**
bu cho- : i- e, ko chi ra ko so, yo ro shi ku o
ne ga i shi ma su

部長：不，我也要請你多多
　　　指教。

お大事に
だいじ
o da i ji ni

請保重

使用時機大解密

「風邪」意為「感冒」。「大事」有「重要、保重、愛護」的
意思，所以「お大事に」便有請別人「多多保重」的意思。也
可以說成「お体に気を付けて」（請多注意身體）。

會話試試看

女：風邪で元気ないですよ。 on na : ka ze de gen ki na i de su yo	女：我感冒了，很沒精神。
友達：そうですか。お大事にね。 to mo da chi : so- de su ka. o da i ji ni ne	朋友：這樣子啊。請保重啊。

おめでとう
o me de to-
恭喜

 使用時機大解密 ....

只要在後面加上「ございます」就變成比較尊敬的說法囉！「お
めでとうございます」是形容詞「おめでたい」的敬語說法，
「おめでたい」的意思為「可喜可賀的事」，所以「おめでとう
ございます」就成為了最好的祝賀詞囉！「おめでとう」還可以
跟其它單字構成不同的祝賀詞喔！比方說「お誕生日おめでと
う」（生日快樂）、「明けましておめでとう」（新年快樂）。

💬 **會話試試看** ....

友達：ご結婚おめでとう！
to mo da chi : go ke kkon o me de to-

朋友：恭喜妳結婚！

由紀子：ありがとう！
yu ki ko : a ri ga to-

由紀子：謝謝！

Q 看到朋友發燒、重感冒，好擔心啊！慰問完朋友的病情後，離去前要跟朋友說什麼話呢？

A. おめでとう

B. お<ruby>大事<rt>だいじ</rt></ruby>に

C. これからもよろしく

D. お<ruby>世話<rt>せわ</rt></ruby>になります

答：B

お誕生日おめでとう
たんじょう び
o tan jo- bi o me de to-
生日快樂

使用時機大解密

日本人在朋友生日時一定會送上禮物喔！日本女生很擅長自己
做巧克力或禮物，因為她們認為自己做的禮物比較有誠意！
「誕生日」為「生日」的意思。加上表示「恭喜」的「おめで
とう」後就成了生日時的最好祝賀詞了。

會話試試看

友達：お誕生日おめでとう！
ともだち　たんじょう び
　　　　プレゼント、どうぞ。
to mo da chi : o tan jo- bi o me de to-.
　　　　　　　pu re zen to, do-zo.

朋友：生日快樂！這是給妳
　　　的禮物，請收下。

真由：ありがとう！
まゆ
ma yu : a ri ga to-

真由：謝謝！

お仕事は
しごと
o shi go to wa
您的工作是？

"

 使用時機大解密 ·······················

詢問對方職業的說法。「仕事」意思為「職業、工作」，除了
這句話還可以「何をしていますか」（你在做什麼？）來問對
方的職業喔！「会社員」是上班族的一般通稱，男生也可以說
成「サラリーマン」（薪水階級的上班族），女生可以說成
「OL（オーエル）」（Office Lady的簡稱，粉領族）。

💬 **會話試試看** ·······················

男：私 はエンジニアです。お仕事は？ o to ko : wa ta shi wa en ji ni a de su. o shi go to wa	男：我是工程師。您的工作是？
女：私 は会社員です。 on na : wa ta shi wa ka i sha in de su	女：我是上班族。

お名前は
o na ma e wa
您的大名是？

🔍 **使用時機大解密** ·····················

當你想認識對方、想知道對方大名時，就可以説這句話囉！
「名前」是「名字」的意思，加上「お」表示對對方的尊敬之
意，因為連對方名字都還不知道，表示與對方是不熟的。因此
問什麼問題都要有禮貌一點喔！

💬 **會話試試看** ·····························

郭：はしめまして、私は郭です。
お名前は？

ka ku : ha ji me ma shi te, wa ta shi wa ka
ku de su. o na ma e wa?

郭：初次見面，我姓郭。您
　　的大名是？

五十嵐：私は五十嵐です。
i ga ra shi : wa ta shi wa i ga ra shi de su

五十嵐：我叫五十嵐。

でんわばんごう　おし
電話番号を教えて
den wa ban go- wo o shi e te
ください
ku da sa i
請告訴我您的電話號碼

"

 🔍 **使用時機大解密** ●●●●●●●●●●●●●●●●●●●●●●●

「手機號碼」為「携帯番号」，「地址」為「住所」，「電子郵件信箱」
説成「メールのアドレス」或「メルアド」。0～9的數字唸法如下：
0「ゼロ／零」、1「いち」、2「に」、3「さん」、4「よん／し」、
5「ご」、6「ろく」、7「しち／なな」、8「はち」、9「きゅう」。
例如電話號碼為「0968-138757」的話，唸成「ゼロきゅうろくはち
のいちさんはちのななごなな」，在唸號碼時，習慣在中間停頓時加
上一個「の」再繼續唸下面的號碼。

💬 **會話試試看** ●●●●●●●●●●●●●●●●●●●●●●●●●●

てんいん　　でんわばんごう　　おし
店員：電話番号を教えてください。
ten in : den wa ban go- wo o shi e te ku da
　　　 sa i

店員：請告訴我您的電話
　　　號碼。

きゃく
客 ：はい、0968 － 138757 です。
kya ku : ha i、ze ro kyu ro ku ha chi no i chi
　　　　 san ha chi na na go na na de su

客：好的。0968-138757。

Q 一年一次的お正月（過年）終於來囉～！這時你應該說什麼拜年呢？

A. お仕事は

B. お大事に

C. お名前は

D. おめでとう

答：D

明日暇ですか
あしたひま
a shi ta hi ma de su ka

明天有空嗎？

 使用時機大解密 ·············

「暇」表示「閒暇、休假」，所以用「暇ですか」來詢問別人是否有空。也可以說「空いていますか」來詢問別人的時間。「明日」還可以用其它的時間副詞來替換，比方「来週」（下個星期）、「あさって」（後天）、「来月」（下個月）等等。「現在有空嗎？」的說法為「いま暇ですか」、「いま空いていますか」

💬 **會話試試看** ·············

男：あのう、明日暇ですか。
一緒にお茶でもどうですか。
o to ko : a no-, a shi ta hi ma de su ka. i ssho
ni o cha de mo do- de su ka

男：嗯～你明天有空嗎？要不要一起喝茶？

女：明日ですか。いいですよ。
on na : a shi ta de su ka. i- de su yo

女：明天嗎？好啊。

一緒に映画を見ませんか
i ssho ni e- ga wo mi ma sen ka
要不要一起看電影？

🔍 使用時機大解密

這句話是邀約的句子喔！日文中的邀約句使用「～ませんか」的否定形用法，讓被問者不會感到太多壓力，這是和中文差別最大的地方呢！「一緒に」的意思是「一起～」。「映画を見ます」意思為「看電影」，變成邀約句後說成「映画を見ませんか」。

💬 會話試試看

男：**一緒に映画を見ませんか。**
o to ko : i ssho ni e- ga wo mi ma sen ka

男：要不要一起看電影呢？

女：**すみません、今日はちょっと…。**
on na : su mi ma sen, kyo- wa cho tto

女：不好意思，今天可能不行……。

お茶<ruby>ちゃ</ruby>はいかがですか
o cha wa i ka ga de su ka
要不要喝杯茶？

🔍 **使用時機大解密**

有人到公司或家裡拜訪時就可以派上用場囉！「～はいかがですか」（～如何呢？／怎麼樣呢？）這樣的方式來詢問對方是否想喝杯茶。如果自己願意接受對方的好意，請説「いただきます」表示感謝與接受之意，如果不想的話請委婉地説「けっこうです」（不用了，謝謝）。

💬 **會話試試看**

奥<ruby>おく</ruby>さん：お茶<ruby>ちゃ</ruby>はいかがですか。
o ku san : o cha wa i ka ga de su ka

夫人：要不要來杯茶呢？

客<ruby>きゃく</ruby>：はい、いただきます。
kya ku : ha i, i ta da ki ma su

客人：好的，謝謝您。

104

つまらない物ですが
tsu ma ra na i mo no de su ga
這是一點小意思

🔍 **使用時機大解密** ································

送禮物給對方時，不管自己送再昂貴的禮物都必須謙虛一點喔！「つまらない」原意為「無聊的」，但在這裡意思為「沒什麼」的意思，表示自己送的只是小禮物，聊表心意而已。因此，這是一句送禮給對方時自己說的客套話。但請注意不要形容別人送的禮物啊～不然就糟啦！

💬 **會話試試看** ································

岡田：つまらない物ですが、どうぞ。 o ka da : tsu ma ra na i mo no de su ga, do-zo	岡田：這是一點小意思，請您收下。
部長：ありがとうございます。 bu cho- : a ri ga to- go za i ma su	部長：謝謝您。

お先に失礼します
o sa ki ni shi tsu re i shi ma su
我先告辭了

使用時機大解密

「失礼します」在這裡的意思為「告辭、離開、再見」，是比較有禮貌的道別方式。面對不熟的朋友或上司、客戶時請盡量用這句。「先に」意思是「先～」，整句也可以簡單地説成「お先に」（我先走了）。

會話試試看

小川：もう9時ですね。お先に失礼します。

o ga wa : mo- ku ji de su ne. o sa ki ni shi tsu re i shi ma su

小川：已經9點了耶。我先告辭了。

広田：お疲れ様でした。

hi ro ta : o tu ka re sa ma de shi ta

廣田：辛苦您了。

じゃね
ja ne
BYE！

 使用時機大解密 ···

跟較熟的朋友或家人道別時使用。跟不熟的朋友或上司、長輩說「再見」時，還是要用「失礼します」會比較有禮貌喔！「じゃね」是用在比較短時間的離別，假如分開的時間較長的話，則要用「さようなら」（再見）囉！「じゃ」是「では」的口語說法，還可以說「じゃ、また」（再見），或者可以明確說出再見的日子，比方說「じゃ、また明日」（明天見）、「じゃ、また来週」（下星期見）。

💬 **會話試試看** ···

浜崎：じゃね。また明日。 ha ma za ki : ja ne. ma ta a shi ta	濱崎：再見囉！明天見。
森田：じゃね。 mo ri ta : ja ne	森田：再見！

ご無沙汰しております
go bu sa ta shi te o ri ma su

久未問候您不好意思

"

 使用時機大解密 ••••••••••••••••••••••

當你久未問候一個朋友、長輩或上司時，在話題前可以先說這一句，讓對方知道自己一直有把對方放在心上，但因為工作太忙碌等其它因素而未能與對方聯絡。所以這句話只會用在較長時間未見面的朋友身上喔。

💬 **會話試試看** ••••••••••••••••••••••

学生：先生、ご無沙汰しております。お元気ですか。

ga ku se i : sen sei, go bu sa ta shi te o ri ma su. o gen ki de su ka

學生：老師，久未問候您不好意思。您好嗎？

先生：はい、元気ですよ。

sen se i : ha i, gen ki de su yo

老師：我很好喔。

お陰様で元気です
かげさま　　げんき

o ka ge sa ma de gen ki de su

托您的福我很好

🔍 **使用時機大解密** ••••••••••••••••••••••••••••••••

當別人問自己「お元気ですか」的時候，面對朋友時可以簡單
回答「元気」或「元気です」，但如果問的人是自己的長輩或
上司，最好再加一句客套話「お陰様で」（托您的福）。就算
對方沒有照顧自己，也可以用這句話來應對喔！

💬 **會話試試看** ••••••••••••••••••••••••••••••••••••

先生：郭、お久しぶりですね。 せんせい　　かく　　　ひさ **元気？** げんき sen se i : ka ku, o hi sa shi bu ri de su ne. 　　　　　　 genn ki	老師：郭，好久不見了。最 　　　近好嗎？
郭：はい、お陰様で元気です。 かく　　　　　かげさま　　げんき ka ku : hai, o ka ge sa ma de gen ki de su	郭：是的，托您的福我很 　　好。

申し訳ございません
もう わけ
mo- shi wa ke go za i ma sen
十分抱歉

 🔍 **使用時機大解密** ....

這句話是「ごめんなさい」的敬語，在道歉時所用的。通常用
這句話來道歉的話，表示自己可能做了一些會令對方極為生氣
的事。通常服務業或工作場合較常聽到這一句話。

💬 **會話試試看** ....

ウェーター：本当に申し訳ござい
ほんとう もう わけ
ません。
we-ta- : hon to- ni mo- shi wa ke go za i ma
sen

服務生：真的很對不起。

客：かまいません。
きゃく
kya ku : ka ma i ma sen

客人：沒關係。

任せてください
ma ka se te ku da sa i
請交給我

🔍 **使用時機大解密** ·············

「任せてください」這句話的意思是指，自己覺得能力足夠，不需他人幫忙，完全可以一個人搞定時，就可以説「任せてください」囉！「任せる」的意思是「委託、託付」，所以「任せてください」的意思就是「請完全交給我，我自己一個人就可以搞定」。「プロジェクト」意思為「計劃」。

💬 **會話試試看** ·············

加藤：このプロジェクトを任せてください ka to-: ko no pu ro je ku to wo ma ka se te ku da sa i	加藤：這個計劃請交給我。
課長：はい、お願いしますね。 ka cho-: ha i, o ne ga i shi ma su ne	課長：好的，那麻煩你了。

Q 如果在餐廳不小心打翻了別人的飲料，
該說些什麼來表示自己最大的歉意呢？

A. お陰様で元気です

B. 任せてください

C. 申し訳ございません

D. お先に失礼します

答：C

よかったですね
yo ka tta de su ne
太好了

 使用時機大解密

當你聽到某件事狀況變好，或者值得高興的事時就可以説「よかったですね！」囉！「よかった」是形容詞「良い」的過去式，意思為「好的、優秀的、優良的」。
「～点」為「～分」的意思，「点」指的是「分數」喔！

會話試試看

南：100 点取りましたよ。
mi na mi : hya ku ten to ri ma shi ta yo

南：我拿了 100 分耶！

友達：よかったですね。
to mo da chi : yo ka tta de su ne

朋友：太好了。

<ruby>大丈夫<rt>だいじょうぶ</rt></ruby>です
da i jo- bu de su
沒問題

舉凡形容自己的能力、情況、事情進行狀態等等時,當你覺得一切OK,一切沒問題的時候就可以說「<ruby>大丈夫<rt>だいじょうぶ</rt></ruby>です」喲!「<ruby>大丈夫<rt>だいじょうぶ</rt></ruby>」是な形容詞,意思為「不要緊、沒問題」。「<ruby>丈夫<rt>じょうぶ</rt></ruby>」的意思為「堅固的、堅硬的」。

💬 **會話試試看**

<ruby>男<rt>おとこ</rt></ruby>:<ruby>大丈夫<rt>だいじょうぶ</rt></ruby>ですか。
o to ko : da i jo- bu de su ka

男:你還好嗎?(沒問題嗎?)

<ruby>女<rt>おんな</rt></ruby>:<ruby>大丈夫<rt>だいじょうぶ</rt></ruby>です。
on na : da i jo- bu de su

女:沒問題。

ぜんぜん平気です
zen zen he i ki de su
完全沒問題！

🔍 **使用時機大解密** ....

這句話可以用來形容身體狀況或行為能力完全OK，類似前面的「大丈夫です」。但「ぜんぜん平気です」表示「完全不為事情所影響，一切沒問題」。「平気」的意思為「不在乎、無動於衷」，加上「ぜんぜん」（完全不～）放在前面加強語氣後，更加重了「平気」所要表現的語氣。

💬 **會話試試看** ....

妻：**まだ歩けますか。**
tsu ma : ma da a ru ke ma su ka

老婆：妳還能走嗎？

主人：**ぜんぜん平気です。**
shu jin : zen zen he i ki de su

老公：完全沒問題！

なるほど
na ru ho do
原來如此

"

使用時機大解密

當你獲得某種情報，突然恍然大悟時，就可以說這句話囉！或者終於想通某事時，就是「なるほど」上場的時候囉！或者也可以說「道理で！」，意思為「難怪！」。

這是一句很常聽見的用語喔！快快背起來吧！而下方提到的「恋人」指的是「情侶」。男朋友叫「彼氏」、女朋友叫「彼女」。

會話試試看

奈津美：あの二人は恋人ですよ。
na tsu mi : a no fu ta ri wa ko i bi to de su yo

奈津美：那二個人是情侶喔。

新太郎：なるほど！
shin ta ro- : na ru ho do

新太郎：原來如此！

素晴らしいですね
su ba ra shi- de su ne
真是太棒了

使用時機大解密 ·····································

各位應該常在電視上聽到這句話吧！這句話可用來讚嘆眼前的事物，凡是會讓自己驚豔、感到開心、值得讚許的事情，都可以用這句話來表現喔！除此之外也可以説「いいですね」（不錯喔）。

會話試試看 ·····································

須恵：明日から夏休みですよ。
su e : a shi ta ka ra na tsu ya su mi de su yo

真琴：素晴らしいですね。
ma ko to : su ba ra shi- de su ne

須恵：明天開始就放暑假囉。

真琴：真是太棒了。

うまいですね
u ma i de su ne
太好吃了！/ 太棒了！

 使用時機大解密

「うまい」有「好吃、很棒、表現很好」的意思。一般來說，日本女生表示食物「好吃」時，應該以「おいしい」（好好吃）來表現會比較有氣質，但因為時代的轉變，現在男、女生都普遍使用「うまい」來表示好吃了喔！

會話試試看

<ruby>男<rt>おとこ</rt></ruby>：<ruby>天婦羅<rt>てんぷら</rt></ruby>うまいですね。 o to ko : ten pu ra u ma i de su ne	男：天婦羅真好吃！
<ruby>女<rt>おんな</rt></ruby>：<ruby>本当<rt>ほんとう</rt></ruby>においしいですね。 on na : hon to- ni o i shi- de su ne	女：真的很好吃耶！

<ruby>男<rt>おとこ</rt></ruby>：<ruby>歌<rt>うた</rt></ruby>うまいね。 o to ko : u ta u ma i ne	男：歌唱得真好。
<ruby>女<rt>おんな</rt></ruby>：ありがとう。 on na : a ri ga to-	女：謝謝。

やるじゃん！
ya ru jan
不賴嘛！

🔍 **使用時機大解密** ・・・・・・・・・・・・・・・・・・・・・・・・・・

這是一句年輕人用語喔！當對方做了一件很「帥氣」的事情時，就可以說這句囉！也可以在前面加上「よく」，表示「非常不賴嘛！」。「よく」是形容詞「よい」的副詞，意思為「好好地」，「よく」也可以用表「非常」意思的「なかなか」來代替，也可說成「なかなかできるじゃん！」。

💬 **會話試試看** ・・・・・・・・・・・・・・・・・・・・・・・・・・・・・・

奈々子：なかなかやるじゃん！
na na ko : na ka na ka ya ru jan

奈奈子：不賴嘛！

慎吾：ははっ！ありがとう！
shin go : ha ha, a ri ga to-

慎吾：哈哈！謝謝！

がんばって！
gan ba tte
加油！

🔍 使用時機大解密

「頑張って」的原形動詞為「頑張る」，意思為「堅持、努力、奮戰」，所以大家就用「頑張って」來互相加油打氣囉！這句話不需說得太長、太有禮貌！反而句子短一點能夠加強為對方打氣的意思。也可以說成「ファイト！」（fight）！

💬 會話試試看

女：がんばって！ on na : gan ba tte	女：加油！
男：はい！ありがとう！ o to ko : ha i. a ri ga to-	男：好的，謝謝！

がんばります
gan ba ri ma su
我會加油的

使用時機大解密

當我們聽到別人跟自己説「頑張って」時，可以跟對方説「頑張ります」，表示自己已經接收到鼓勵的訊息，會更努力。假如要表示自己努力奮戰的決心，可以在句尾加上表「強烈意志」的「から」，説成「頑張りますから」來告訴對方自己決一死戰的得勝決心。

會話試試看

先生：試験がんばって！ sen se i : shi ken gan ba tte	老師：考試加油！
学生：はい、がんばりますから！ ga ku se i : ha i, gan ba ri ma su ka ra	學生：好的，我會努力！

気をつけてね
ki wo tsu ke te ne
小心喔

 使用時機大解密

「気」有「精神、活力」的意思，「つけて」的原形動詞為
「付ける」，有「加上、附上」的意思，叫別人「多用點精
神」就是叫別人「小心一點」囉！這句話可用來提醒對方，做
事要小心謹慎。「行ってらっしゃい」是用在對方要離開去某
地時，提醒對方小心時使用，而「気をつけてね」則可以用在
一般日常生活中，要提醒對方「小心」時使用。

 **會話試試看**

息子：じゃ、出発します！
mu su ko : ja, shu ppa tsu shi ma su

兒子：那麼我出發囉！

家族：気をつけてね。
ka zo ku : ki wo tsu ke te ne

家人：要小心喔。

大変ですね
ta i hen de su ne
好辛苦喔

 使用時機大解密 ·········

這句話和之前的「お疲れ様でした」不一樣喔。「お疲れ様でした」是用來慰勞對方一天的辛苦,有感謝的意思在裡面。但這句「大変ですね」主要指同情、慰問的意思,例如聽到對方很辛苦、很累的遭遇,就可以適時說這句話表達自已的慰問之意。「残業」的意思為「加班」。

 **會話試試看** ·········

男:夕べ二時まで残業しましたよ。 o to ko : yu- be ni ji ma de zan gyo- shi ma shi ta yo	男:昨天我加班到二點耶。
女:大変ですね。 on na : ta i hen de su ne	女:好辛苦喔。

ご家族によろしく
go ka zo ku ni yo ro shi ku
代我向家人問好

🔍 **使用時機大解密** ·····················

這句話通常用在與對方道離別時，除了直接問候對方之外，也同時請對方代為問候家人。「によろしく」意思為「代為問候～」，所以也可說成「～さんによろしく」（請代我向～先生／小姐問候）、「皆さんによろしく」（請代我向大家問好）等。

💬 **會話試試看** ·····················

美緒：また遊びに来てね。ご家族によろしく！ mi o : ma ta a so bi ni ki te ne. go ka zo ku ni yo ro shi ku	美緒：有空再來玩喔！幫我跟家人問好！
友達：ありがとう！バイバイ！ to mo da chi : a ri ga to-. ba i ba i	朋友：謝謝！BYE BYE！

ぜひ来てください
ze hi ki te ku da sa i
請你一定要來

使用時機大解密

當自己跟對方提出邀約之後，想表示自己真的很希望對方赴約時，就可以說這句話來表示自己的「強烈期待」。或者也可以用「お待ちしております」來告訴對方「我會等你的（等候大駕光臨）」。「ぜひ」是一個意思為「務必、一定」的副詞。當我們有事拜託別人，希望別人盡全力幫忙時，就可以跟對方說「ぜひお願いします」。

會話試試看

課長：ぜひ来てください。いつでも歓迎しますから。
ka cho- : ze hi ki te ku da sa i. i tsu de mo kan ge i shi ma su ka ra

課長：請你一定要來喔。隨時歡迎您。

社員：ありがとうございます。
sha in : a ri ga to- go za i ma su

員工：謝謝您。

Q 朋友決定挑戰日本語能力檢定的考試了！你想幫他加油打氣！該怎麼說可以幫他加加油呢？

A. がんばって！

B. がんばります

C. 大変^{たいへん}ですね

D. やるじゃん！

答：A

すみません、
su mi ma sen,

ちょっと…。
cho   tto

不好意思，可能沒辦法……

使用時機大解密 ·················

日本人在拒絕對方時，通常會使用比較婉轉的説法，所以這句話是用來婉轉拒絕對方時所用。後面的「ちょっと…」表示自己有點事所以剛好不方便之意喔。如果答應對方邀約的話，可以用「いいですよ」（好啊）來回應。

會話試試看 ·················

雪<small>ゆき</small>：ここでたばこを吸<small>す</small ってもいいですか。
yu ki : ko ko de ta ba ko wo su tte mo i- de su ka

雪：可以在這裡抽菸嗎？

冴子<small>さえこ</small>：すみません、ちょっと…。
sa e ko : su mi ma sen, cho tto

冴子：不好意思，可能沒辦法……

今度にしましょう
こんど

kon do ni shi ma sho-

下次吧

"

使用時機大解密

「今度」的漢字看起來有個「今」，但它的意思指的是「下一次」，而不是「這一次」喔！「～にしましょう」是「決定～」的意思，所以「今度にしましょう」為「改下次吧！」。假如想取消的話，可以説「約束をキャンセルしたいですが」（我想取消約會），原本約好的約會必須取消、身體不太舒服、或者無法赴約的話只好改下次囉！「用事があります」意為「有事」。

會話試試看

雪：ちょっと用事があるので、今度にしましょう。

yu ki : cho tto yo- ji ga a ru no de, kon do ni shi ma sho-

雪：因為我有點事，下次吧！

冴子：じゃ、今度にしましょう。

sa e ko : ja, kon do ni shi ma sho-

冴子：那麼就下次吧！

また今度お願いします
こんど　　　ねが

ma ta kon do o ne ga i shi ma su

下次請您再找我

 使用時機大解密 ....

當別人對自己提出邀約，但自己當次無法赴約，又希望對方下次能再邀約自己時可以向對方説這句話，表示自己很樂意與對方出去，但只是剛好沒空，希望下次能有機會與對方一起出去。「残念」的意思為「遺憾、可惜」。
ざんねん

💬 會話試試看 ....

山田：また今度お願いします。
やまだ　　　　　こんど　　　ねが
すみません。
ya ma da : ma ta kon do o ne ga i shi ma
su. su mi ma sen

山田：下次再請你找我。不好意思。

鈴木：そうですか。残念ですね。
すずき　　　　　　　　　　ざんねん
su zu ki : so- de su ka. zan nen de su ne

鈴木：這樣子啊，真是可惜。

好^すきです
su ki de su
我喜歡你

"

　使用時機大解密 ∙∙∙∙∙∙∙∙∙∙∙∙∙∙∙∙∙∙∙∙∙∙∙∙∙∙∙∙∙∙∙∙∙∙∙∙

「好^すき」是一個形容動詞，意思為「喜歡的」，後面加名詞時，必須在語尾加「な」，再加上「名詞」，例如「好^すきな人^{ひと}」（喜歡的人）、「好^すきな色^{いろ}」（喜歡的顏色）、「好^すきな国^{くに}」（喜歡的國家）等等。「〜が好^すき」表示「喜歡〜」，例如「コーヒーが好^すき」（喜歡咖啡）、「日本料理^{にほんりょうり}が好^すき」（喜歡日本料理）等等。相反詞為「嫌^{きら}い」（討厭的）。

💬　**會話試試看** ∙∙∙

健司^{けんじ}：好^すきです。 ken ji：su ki de su	健司：我喜歡妳。
詩織^{しおり}：私^{わたし}も健司^{けんじ}が好^すきです。 shi o ri：wa ta shi mo ken ji ga su ki de su	詩織：我也喜歡健司。

私と付き合って
wa ta shi to tu ki a tte
ください
ku da sa i
請和我交往

🔍 使用時機大解密

假如答應對方的告白，可以說「よろしくお願いします」（請多多指教），請對方日後多多照顧自己，假如不想答應的話，就婉轉地說聲「ごめんなさい」（對不起）吧！除了這個說法之外，也可以說「私のボーイフレンドになってください」（請成為我的男朋友）或「私のガールフレンドになってください」（請成為我的女朋友）。

💬 會話試試看

健司：好きです。私と付き合ってください	健司：我喜歡你。請與我交往。
ken ji：su ki de su. wa ta shi to tsu ki a tte ku da sa i	
詩織：よろしくお願いします。	詩織：請多多指教。
shi o ri：yo ro shi ku o ne ga i shi ma su	

斜槓小工具

速記！
達人會話
大彙整

適合各種場合的有禮用語

おはようございます。	早安！
こんにちは。	午安。
こんばんは。  莉香小教室：晚上遇到朋友時使用	晚安。
おやすみなさい。 莉香小教室：晚上睡覺前道晚安時使用。 用於熟人時這麼說：おやすみ。	晚安。
<ruby>天気<rt>てんき</rt></ruby>いいね！。	天氣真好！
すごくいい<ruby>天気<rt>てんき</rt></ruby>。 莉香小教室：すごく＝非常	天氣很不錯喔。
<ruby>曇<rt>くも</rt></ruby>りだね。<ruby>空<rt>そら</rt></ruby>が<ruby>暗<rt>くら</rt></ruby>いね。	陰陰的。
<ruby>雨<rt>あめ</rt></ruby>が<ruby>降<rt>ふ</rt></ruby>ってる。 莉香小教室： 降ってる＝降っている＝正在下雨	下雨了耶。
<ruby>暑<rt>あつ</rt></ruby>いね。	好熱。
<ruby>寒<rt>さむ</rt></ruby>いね。	好冷。

最近（さいきん）、どう？ 調子（ちょうし）、どう？ 莉香小教室：調子＝狀況	最近如何？
お元気（げんき）ですか？	你好嗎？
元気（げんき）？	好嗎？
お蔭様（かげさま）で、元気（げんき）です。	托您的福，我很好。
元気（げんき）ですよ。	我很好。
そこそこかな。 莉香小教室：そこそこ＝馬馬虎虎、還好	還不錯。
ちょっとね。 莉香小教室：用於不想明講時	不太好。
最悪（さいあく）！	很糟！
同（おな）じです。変（か）わりませんよ。 莉香小教室：変わる＝改變	老樣子。
順調（じゅんちょう）にいってる？ 莉香小教室：「いってる」來自「行（い）く」意為「進行」	一切還順利嗎？

第一次見面

初めまして。	初次見面。
郭です。	我是郭。
郭と申します。 莉香小教室：較正式場合時使用 莉香小教室：申す=說（謙讓語）	我叫郭。
苗字は郭です。 莉香小教室：苗字=姓氏	我姓郭。
どうぞよろしくお願いします。	請多多指教。
こちらこそ。	彼此彼此。
お会いできて嬉しいです。	很高興能夠見到您。
欣ちゃんと呼んで下さい。 莉香小教室：拉近與對方關係時使用	請叫我「小欣」。
以前からずっとお会いしたかったです。	我一直想見到您。
ようやくお会いできました。 莉香小教室：ようやく=終於	終於可以跟您見面了。

お目にかかった事、ありましたか？	我以前有見過您嗎？
お目にかかれる日を 心 待ちしています。 莉香小教室：お目にかかる＝「会う」敬語	我很期待能與您見面。
光栄です。	很光榮。

介紹自己的工作

🔊 **Track 028**

お仕事は何ですか？	您的工作是？
出 版関係の仕事です。	我在出版社服務。
○○社で 働 いています。 莉香小教室：で 働 いています＝に 勤 めています。	正在○○公司工作。
○○社の社員です。	我是○○公司的員工。
公務員です。	公務員。
銀行員です。	銀行員。

<ruby>会社員<rt>かいしゃいん</rt></ruby>です。 莉香小教室：泛指男、女上班族	薪水階級（一般上班族）。
<ruby>OL<rt>オーエル</rt></ruby>です。 莉香小教室：女生的上班族	粉領族（女性）。
<ruby>教師<rt>きょうし</rt></ruby>です。	老師。
<ruby>医者<rt>いしゃ</rt></ruby>です。	醫生。
<ruby>弁護士<rt>べんごし</rt></ruby>です。	律師。
エンジニアです。	工程師。
<ruby>営業<rt>えいぎょう</rt></ruby>を<ruby>担当<rt>たんとう</rt></ruby>しています。	從事業務。
バイトです。 アルバイターです。	打工。
<ruby>入社<rt>にゅうしゃ</rt></ruby>してまだ<ruby>間<rt>ま</rt></ruby>がありません。 莉香小教室：<ruby>間<rt>ま</rt></ruby>がありません＝不久	剛進到公司。
<ruby>新入社員<rt>しんにゅうしゃいん</rt></ruby>です。 莉香小教室：也可說「<ruby>新米<rt>しんまい</rt></ruby>」（菜鳥）	新進員工。
<ruby>失業中<rt>しつぎょうちゅう</rt></ruby>です。	失業中。

<ruby>新<rt>あたら</rt></ruby>しい<ruby>仕事<rt>しごと</rt></ruby>を<ruby>探<rt>さが</rt></ruby>しています。	正在找工作。
いい<ruby>仕事<rt>しごと</rt></ruby>があれば、<ruby>紹介<rt>しょうかい</rt></ruby>して<ruby>頂<rt>いただ</rt></ruby>けませんか？	請幫我介紹好工作。
<ruby>転職<rt>てんしょく</rt></ruby>を<ruby>考<rt>かんが</rt></ruby>えています。 莉香小教室：<ruby>転勤<rt>てんきん</rt></ruby>＝調職位	我想換工作。
しょっちゅう<ruby>残業<rt>ざんぎょう</rt></ruby>しています。 莉香小教室：しょっちゅう＝經常	經常加班。
<ruby>数年後<rt>すうねんご</rt></ruby>は<ruby>定年退職<rt>ていねんたいしょく</rt></ruby>します。	快要退休了。

道別時間

Track 029

バイバイ！ 使用時機：女生用語	再見！
さようなら。	再見。
またね。	再見。
じゃぁね。 使用時機：女生用語	再見。

じゃ、また。	再見。
お会いできて嬉しいです。	能夠再見到您很開心。
おしゃべりできて、本当に楽しかったです！	能夠跟您講話，真好玩！
お先に失礼します。	先告辭。
お先です。	我先走了。
そろそろ…。もうこんな時間ですね。	差不多該回去了。
よい一日を！	祝你有美好的一天！
よい週末を。	祝你有一個美好的週末。
また会いましょう！ 莉香小教室：〜ましょう＝〜吧！	再找時間見面吧！
また日を改めて！	改天再見！
それでは、また明日。	明天見。
すみません、先に帰りますね。 莉香小教室：先に＝先〜	那我走了。

お体に気をつけて。	請保重。
がんばって。	加油。
いつでもお立ち寄り下さいね。 莉香小教室：いつでも＝隨時	常來坐。
ご家族によろしく！	跟家人問好！
先生によろしくお伝え下さい！	幫我跟老師問好！

感謝對方

🔊 **Track** 030

ありがとう。	謝謝。
サンキュー。 莉香小教室：字源為Thank you.	謝謝。
どうも。	謝謝。
とても感謝しています。	非常感謝。
いろいろありがとう。 莉香小教室：いろいろ＝各式各樣的	感謝您。

ありがとうございます。	謝謝。
助_{たす}かりました！	得救了！
手伝_{てつだ}ってくれてありがとう。	謝謝你幫我。
ご親切_{しんせつ}にありがとうございました。	感謝你對我這麼親切。
待_またせて、ごめんなさい。 莉香小教室：ごめんなさい＝對不起、不好意思	謝謝你等我。
感謝_{かんしゃ}しています。	非常感謝。
ご招待_{しょうたい}ありがとうございます。	謝謝您的招待。
プレゼントをありがとう。	謝謝你的禮物。
わざわざ送_{おく}ってくれてありがとう。 莉香小教室：わざわざ＝專程	謝謝你送我回來。
ご迷惑_{めいわく}をおかけしました。 莉香小教室：迷惑_{めいわく}をかけます＝添麻煩	給您添麻煩了。
時間_{じかん}を作_{つく}ってくれてありがとう。	謝謝您撥時間給我。

励ましてくれてありがとう。

莉香小教室：励^{はげ}ます＝鼓勵

感謝您鼓勵我。

心配^{しんぱい}してくれてありがとう。

謝謝您對我的關心。

お礼^{れい}のことばもありません。

莉香小教室：お礼^{れい}のことば＝感謝的話語

感謝之意，無法言傳。

心^{こころ}から感謝^{かんしゃ}しています。

衷心感謝！

回應別人的謝意

🔊 **Track 031**

どういたしまして。

不客氣。

いいえ、とんでもないです。

莉香小教室：とんでもない＝沒什麼大不了

不，小事一樁。

そんな大^{たい}した事^{こと}じゃありません。

莉香小教室：大^{たい}した＝大不了的

沒什麼大不了啦。

またいつでもどうぞ。

隨時需要都可以告訴我。

いつでもお手伝いしますよ。	我隨時都可以幫助你喔。
仕事の内ですから。	這是我份內的工作。
私が自分でしなければいけない事ですから。	這是我應該做的工作。
できるだけの事をしただけです。 莉香小教室：できるだけ＝盡力	我只是做我能做的事情而已。
こちらこそ。	不客氣。
私も楽しかったですよ。	我也很高興喔！
お役に立てて、私も嬉しいです。	可以幫你的忙我也很開心。

道歉

🔊**Track** 032

ごめん。	對不起。
ごめんなさい。	對不起。
悪い。	歹勢。
本当にごめんなさい。	真的很抱歉。

いろいろごめんなさい。	麻煩您許多事，對不起。
すみません。	對不起。
<ruby>心<rt>こころ</rt></ruby> よりお<ruby>詫<rt>わ</rt></ruby>び<ruby>申<rt>もう</rt></ruby>し<ruby>上<rt>あ</rt></ruby>げます。	萬分抱歉。
<ruby>失礼致<rt>しつれいいた</rt></ruby>しました。	很對不起。
お<ruby>詫<rt>わ</rt></ruby>び<ruby>申<rt>もう</rt></ruby>し<ruby>上<rt>あ</rt></ruby>げます。	跟您説對不起。
ご<ruby>迷惑<rt>めいわく</rt></ruby>をかけてごめんなさい。	給你添麻煩，真對不起。
<ruby>遅<rt>おく</rt></ruby>れて<ruby>申<rt>もう</rt></ruby>し<ruby>訳<rt>わけ</rt></ruby>ございませんでした。 莉香小教室：<ruby>遅<rt>おく</rt></ruby>れる＝遲到	對不起，我遲到了。
<ruby>許<rt>ゆる</rt></ruby>して<ruby>頂<rt>いただ</rt></ruby>けますか？	可以原諒我嗎？
わざとじゃなかったんです。 莉香小教室：わざと＝故意地～	我不是故意的。
<ruby>間違<rt>まちが</rt></ruby>えて、すみません。	對不起，我搞錯了。
お<ruby>待<rt>ま</rt></ruby>たせしました。	讓您久等了。
<ruby>私<rt>わたし</rt></ruby>のミスです。<ruby>私<rt>わたし</rt></ruby>のせいです。	是我的錯。
ほんの<ruby>冗談<rt>じょうだん</rt></ruby>です。	我只是開玩笑的。

同じミスを犯しません。

莉香小教室：犯す＝犯錯

我不會再犯相同的錯。

回應別人的歉意

🔊 Track 033

何ともありませんよ。

莉香小教室：何とも＝一點也不〜

沒關係。

構いません。

沒關係。

構わないよ。

沒關係啦。

気にしないで下さい。

莉香小教室：気にする＝在意

不要在意。

別に大した事ではありません。

沒什麼事。

あなたが悪いんじゃないんです。

這不是你的錯。

次回から注意して下さいね。

下次小心一點喔。

もう大丈夫です！

已經沒問題了！

これは私が責任を負う事です。

 莉香小教室：責任を負う＝負責任

這是我的責任。

許されるべき問題ではありません！

 莉香小教室：べき＝應該

絕對不原諒你！

加油打氣

🔊 Track 034

がんばって！	加油！
ファイト！ 莉香小教室：字源：fight	加油！
がんばります。	我會加油的。
元気を出して。	打起精神來。
必ずうまくいきますから。 莉香小教室：うまくいきます＝順利進行	一定會很順利的。
いつも応援していますよ。	我隨時都會支持你喔。

もう一回だけ、やってみて。	再試著做一次！
もっといい結果が出せるから。 莉香小教室：もっと＝更〜	你還可以做更好的。
諦めないで下さい。	不要放棄。
精一杯、やってみて！ 莉香小教室：精一杯＝盡全力〜	盡你自己的力量吧！
あなたの味方です。	我會支持你的。
いつも見守っていますから。 莉香小教室：見守る＝守護	我會站在你這邊。
ずっと陰ながら応援していますよ。	我會一直在你身邊喔。
自分の力を信じて！	你絕對可以的。
他の人では、だめなんです。	除了你還有誰會呢？
あなたなら、大丈夫！	你一定可以的。
自分を信じて下さい。	拿出自信來。
すごい！そのまま続けてみて！ 莉香小教室：そのまま＝保持那樣地	不錯喔！繼續保持！

残念！あと少しだったのに。	差一點點！

 讚美對方

  Track 035

すごいですね。	真棒耶。
すごくいいですね！	好棒喔！
よくがんばりましたね！	做得不錯！
そんな感じで！ 莉香小教室：感じる＝感覺（動詞）、感じ＝感覺（名詞）	不賴喔。
なかなか、ですね。	不錯喔。
悪くない考えですね。	不錯的想法。
ナイスアイデアです。	不錯的主意。
お若く見えますね。 莉香小教室：若い＝年輕的	看起來好年輕喔。
きれいですね。	真漂亮。
かっこいいですね。	好帥喔。

<ruby>羨<rt>うらや</rt></ruby> ましいです。	好羨慕喔。
ナイスバーディーですね。	身材不錯耶。
<ruby>信頼<rt>しんらい</rt></ruby>できる<ruby>方<rt>かた</rt></ruby>ですね。	真是值得信賴的人。
<ruby>お似合<rt>に あ</rt></ruby>いです。 莉香小教室：<ruby>似合<rt>に あ</rt></ruby>う＝適合～	很適合你。
<ruby>上手<rt>じょうず</rt></ruby>ですね。	很厲害。
ぺらぺらですね。	講得真流利。
<ruby>可愛<rt>かわい</rt></ruby>いですね。	真可愛。
キュートですね。 莉香小教室：字源cute	真可愛耶。

 找商店

Track 036

モール<ruby>街<rt>がい</rt></ruby>はどこですか？	商店街在哪裡？
この<ruby>辺<rt>へん</rt></ruby>にデパートはありませんか？ 莉香小教室：この<ruby>辺<rt>へん</rt></ruby>＝這附近	最近的百貨公司在哪裡？

エレベーターはどこですか？	電梯在哪裡？
エスカレーターはどこですか？	手扶梯在哪裡？
営業（えいぎょう）は何時（なんじ）からですか？	店什麼時候開始？
お土産（みやげ）を買（か）いたいんですが。	我想買紀念品。
電池（でんち）を売（う）っている店（みせ）はどこですか？	哪裡有賣電池？
特産品（とくさんひん）を扱（あつか）っている店（みせ）はありませんか？	賣特產的商店在哪裡？
ショーウィンドの服（ふく）はいいですね。	櫥窗內的衣服好漂亮。
すごい人（ひと）ごみですね。	好多人喔。

東挑西選

🔊 **Track** 037

すみません〜。	不好意思〜（呼喚店員時）
ちょっと見（み）ているだけです。	看一下而已。

莉香小教室：だけ＝只是〜

Mのセーターが欲しいんですが。

> 莉香小教室：〜が欲しい＝想要（某物）

我想找M尺寸的毛衣。

財布が欲しいんです。

我想看錢包。

これはちょっと私には…

這不適合我。

この様な鞄はありませんか？

有這樣子的皮包嗎？

あなたなら、どっちにする？

你覺得哪一個比較好？

どっちにしようかなぁ。悩むなぁ。

真傷腦筋〜要選哪個呢？

水洗いはできますか？

> 莉香小教室：水洗い＝水洗

可以水洗嗎？

他のはありませんか？

有其它種類嗎？

別の色を見せて下さい。

有其它顏色嗎？

他のサイズを見せて下さい。

有其它尺寸嗎？

またにします。

再看看。

試穿衣物

このデザインがお気に入りです。 莉香小教室：気に入り＝中意、喜歡	我喜歡這個設計。
試着はできますか？	可以試穿嗎？
サイズは１１だと思います。	衣服尺寸應該是11。
サイズは２５センチだと思います。	鞋子尺寸應該是25公分。
正しいサイズはわかりません。	我不知道正確的尺寸。
私に合うサイズを探しています。 莉香小教室：探す＝尋找	有我的尺寸嗎？
試着室はどこですか？ 莉香小教室：試着する＝試穿	試穿室在哪裡？
このデザインは私に合いません。	不適合我。
おばさん（おじさん）っぽいです。	看起來好老喔
若返って見えますね。 莉香小教室：若返る＝返老還童	看起來好年輕喔。

サイズが合^あいません。	尺寸不合。
M^{エム}を見^みせて下^{くだ}さい。	我想找M尺寸。
サイズを測^{はか}れますか？	可以幫我量尺寸嗎？
他^{ほか}のサイズを見^みせて下^{くだ}さい。	有其它尺寸嗎？
お直^{なお}しできますか？ 莉香小教室：お直^{なお}し＝修改	可以幫我改尺寸嗎？
丁度^{ちょうど}いいです。	剛剛好。
ぴったりです。	剛好合身。
何^{なに}でできていますか？	什麼質料的？
似^にたデザインは他^{ほか}にありませんか？	有款式相近的商品嗎？
色違^{いろちが}いはありませんか？	有沒有別的顏色？
裾^{すそ}を切^きって下^{くだ}さい。	請把袖子改短。
スカートの裾^{すそ}を出^だして下^{くだ}さい。 莉香小教室：出^だす＝露出來	請把裙子改長。

Track 039

いくらですか？	多少錢？
<ruby>丁<rt>ちょう</rt></ruby><ruby>度<rt>ど</rt></ruby>いい<ruby>値段<rt>ね だん</rt></ruby>ですね。	很合理的價格。
<ruby>高<rt>たか</rt></ruby>いですね。	好貴喔！
<ruby>税込<rt>ぜい こ</rt></ruby>みですか？	含稅嗎？
<ruby>消費税<rt>しょう ひ ぜい</rt></ruby>は<ruby>値段<rt>ね だん</rt></ruby>に<ruby>含<rt>ふく</rt></ruby>まれていますか？ 莉香小教室：<ruby>含<rt>ふく</rt></ruby>む＝包含	包含消費稅嗎？
<ruby>手<rt>て</rt></ruby>が<ruby>出<rt>で</rt></ruby>ません。	買不下手。
<ruby>割引<rt>わりびき</rt></ruby>していますか？	有折扣嗎？
<ruby>他<rt>ほか</rt></ruby>にもう<ruby>少<rt>すこ</rt></ruby>し<ruby>安<rt>やす</rt></ruby>いのを<ruby>教<rt>おし</rt></ruby>えて<ruby>下<rt>くだ</rt></ruby>さい。	有沒有再便宜一點的東西？
<ruby>予算<rt>よ さん</rt></ruby>を<ruby>超<rt>こ</rt></ruby>えてしまいました！	這超過預算了！
<ruby>少<rt>すこ</rt></ruby>しまけて<ruby>欲<rt>ほ</rt></ruby>しいんですが。 莉香小教室：まける＝減價	可以便宜一點嗎？
おまけしてもらえませんか？	算便宜一點嘛！

台湾元ならいくらになりますか？	換成台幣是多少錢？
２つ買うので、少しおまけして欲しいんですが。	買2個的話，可以打折嗎？
一割引だけですか？	只打9折嗎？
１０％ オフだけ？ 莉香小教室：オフ＝OFF	只能9折嗎？
じゃ、この次に！	那我不買了！

購物愛用短句

🔊 **Track** 040

これに決めました！ 莉香小教室：決める＝決定	我決定買這個！
これにします。 莉香小教室：〜にします＝決定買（點）〜	那我決定要這個。
じゃ、これをください。	請幫我把這個包起來。
これ、お願いします。	麻煩你我要買這個。

レジはどこですか？ 莉香小教室：レジ＝收銀台	在哪裡付錢？
カードで	刷卡。
現金で。 莉香小教室：で＝助詞，表示「工具」之意	付現。
キャッシュで。 莉香小教室：で＝助詞，表示「工具」之意	付現。
台湾のクレジットカードは使えますか？	台灣的信用卡可以用嗎？
カード払いでお願いします。	刷卡付費。
このカードを使いたいんですが。	這張卡可以用嗎？
トラベラーズチェックはＯＫですか？ 莉香小教室：トラベラーズチェック＝旅行支票	可以用旅行支票嗎？
両替したいんですが、近くにありませんか？	兌換貨幣處在哪裡？
合計金額が変なんですが。	好像計算錯誤的樣子。

おつり、まだですか？	還沒有找錢。
おつりが違うと思うんですけど。	找錯錢了。
分割でお願いします 莉香小教室：分割＝分期付款	分期付款。
一括でお願いします。	一次付清。
領収書をお願いします。	請給我收據。
免税手続きのための必要な書類を下さい。	請給我辦免税手續所需的文件。
紙袋を頂けませんか。	可以給我紙袋嗎？

礼物包装

◀ **Track** 041

プレゼントにしたいので、包んで頂けますか？	這是要送人的，請包裝。
自分用です。	這是自己要用的。
別々に袋に入れて頂けますか？ 莉香小教室：別々に＝分開〜、分別〜	請分開包裝。
プレゼントにしたいんですが…。	可以幫我包成送人的禮品嗎？

自分で使いますから、簡単で結構です。	自己要用的所以簡單包裝就可以了。
それはサービスですか？	是免費的嗎？
赤のリボンにして下さい。	我要紅色緞帶。
リボン以外に何かありますか？ 莉香小教室：リボン＝緞帶	除了緞帶外還有什麼嗎？
別の包装紙はありませんか？	有什麼樣的包裝紙？
箱はありませんか？	有盒子嗎？
別途料金になりますか？ 莉香小教室：別途＝另外～	包裝要付費嗎？
このハンドタオルを箱入りにして下さい。 莉香小教室：箱入り＝裝箱	請將這條手帕放到盒子裡。
郵送は可能ですか？	可以幫我寄送嗎？
送料はいくらですか？	寄送費用是多少？
いつ発送して頂けますか？	什麼時候會寄出？
台湾に送って頂けますか？	可以寄到台灣嗎？

退還瑕疵品

これを返品^{へんぴん}したいんですが。 莉香小教室：返品^{へんぴん}する＝退貨	我想退還這個東西。
別^{べつ}の物^{もの}と交換^{こうかん}できませんか？	我要換東西。
ここが汚^{よご}れています。	這裡髒了。
染^しみがついています。	有髒污在上面。
ほつれています。 莉香小教室：ほつれる＝頭髮散開、衣服脫線	（衣服）破掉了、脫線了。
壊^{こわ}れています。	壞了。
接触^{せっしょく}が悪^{わる}いみたいです。	好像接觸不良耶！
全然動^{ぜんぜんうご}かないんです。	完全不會動。
欠陥品^{けっかんひん}です。 莉香小教室：欠陥^{けっかん}＝缺陷	是不良品。
サイズを間違^{まちが}えたんです。	弄錯尺寸了。

きのう買^かいました。	昨天買的。
レシートです。	發票在這裡。
領収証^{りょうしゅうしょう}はこれです。	這是收據。
返金^{へんきん}して欲^ほしいんですが。	可以讓我退錢嗎？

莉香小教室：返金^{へんきん}する＝退錢

向餐廳訂位

🔊 **Track 043**

今晩^{こんばん}7時^{しちじ}に予約^{よやく}できますか？	我要訂今天晚上7點。
7時^{しちじ}に予約^{よやく}をお願^{ねが}いします。	我要訂7點。
3名^{めい}です。大人^{おとな}2名^{めい}、子供^{こども}1名^{いちめい}です。	3位。2個大人、1個小孩。
満席^{まんせき}ですか？	沒位子了嗎？
席^{せき}はありますか？	還有空位嗎？
何時^{なんじ}ぐらいなら込^こんでいませんか？	幾點開始會比較空呢？
サービス料^{りょう}が要^いりますか？	需要服務費嗎？

莉香小教室：～料^{りょう}＝～費用

禁煙席をお願いします。	請給我禁菸區的位子。
きんえんせき　ねが	
喫煙席をお願いします。 きつえんせき　ねが 莉香小教室：喫煙＝抽菸 きつえん	請給我吸菸區的位子。
窓際の席にして下さい。 まどぎわ　せき　くだ	請給我靠窗的桌子。
ご住所をお願いします。 じゅうしょ　ねが	請告訴我店的地址。

 肚子餓快點餐

Track 044

メニューを下さい。 くだ 莉香小教室：〜を下さい＝請給我〜 くだ	請給我菜單。
テイクアウトします。	外帶。
ご注文はお決まりですか？ ちゅうもん　き	您決定好要點餐了嗎？
ご注文は？ ちゅうもん	您要點什麼？
まだ決めていません。 き	還沒決定好。
はい、お願いします ねが	嗯，好了。

| 注文をお願いします。 | 麻煩幫我們點餐。 |
| ちゅうもん　ねが | |

注文をお願いします。 / 麻煩幫我們點餐。

こちらのオリジナル料理は、何ですか？ / 這裡的特色料理是什麼呢？

莉香小教室：オリジナル＝獨家、特色

食前酒を頂けますか？ / 請給我餐前酒。

サーロインステーキをお願いします。 / 我要點沙朗牛排。

焼き加減はミディアムで。（レア・ミディアム・ウェルダム） / 我要五分熟（三分熟、五分熟、七分熟）。

私は豚肉で。 / 我要豬肉。

私は牛肉で。 / 我要牛肉。

私はベジタリアンです。 / 我吃素。

コースでお願いします。 / 我要點全餐。

莉香小教室：コース、セット＝套餐

自分で一品ずつ選びます。 / 我想單點。

莉香小教室：単品＝單品

この料理に合うスープは何ですか？ / 有什麼湯適合這道菜的嗎？

コーヒーを２つ下さい。	我要二杯咖啡。
ホットを２杯。	二杯熱咖啡。
アイスを１杯。	一杯冰咖啡。
ブラックで。	我要黑咖啡。
砂糖は要りません。 莉香小教室：要る＝需要	請不要加糖。
これとこれを下さい。	請給我這個和這個。
デザートは何ですか？	甜點是什麼？
飲み物はグレープフルーツジュースにします。 莉香小教室：〜にする＝決定〜	飲料要葡萄柚汁。
私も同じ物を下さい。	請給我相同的東西。
唐辛子を入れないで下さい。	請不要放辣椒。

用餐對話

美味しいですね。	好好吃喔。
ご馳走様でした。	我吃飽了。
ご馳走して頂いて、ありがとうございました。	謝謝您的招待。
美味しそうな匂いがします。 莉香小教室：〜がします＝有〜味道、感覺	好香。
不思議な味ですね。	不可思議的味道。
こんな味、初めてです。	第一次吃到這麼好吃的東西！
それ食べてみたいです！	我想吃那個。
ちょっと食べてみて下さい。	這個要不要吃一點看看？
食べ方がわかりません。 莉香小教室：Ⅴます形＋方＝做〜的方法。例如：切ります➡切り方	怎麼吃呢？

ナイフとフォークを下さい。	請給我刀子和叉子。
おしぼりを下さい。	請給我餐巾。
水を下さい。	請給我水。
取り皿を持って来て下さい。	我想要小盤子。
料理がまだ来ていません。 莉香小教室：まだ＋動詞ていません＝還沒〜。	菜還沒好嗎？
これは私が注文した物ではありませんが。	這不是我點的菜。
お下げしてもよろしいですか？	您用完了嗎？
お皿を下げて下さい。	請把盤子收走。
まだ食べ終わっていません。	我還在用。
雰囲気の良いお店ですね。	這裡氣氛不錯。
気配りが行き届いていますね。 莉香小教室：行き届く＝傳達到內心深處	服務不錯耶。
食器も綺麗ですね。	餐具也很漂亮。

付款

すみません、お勘定（かんじょう）をお願（ねが）いします。 莉香小教室：お勘定（かんじょう）＝帳單	不好意思，我要結帳。
お会計（かいけい）をお願（ねが）いします。	我要結帳。
サービス料（りょう）が含（ふく）まれていますか？	含服務費嗎？
レジはどこですか？	在哪裡付呢？
割（わ）り勘（かん）しましょう。	各付各的吧。
別々（べつべつ）に払（はら）います。	請分開算。
一緒（いっしょ）にして下（くだ）さい。	請幫我們一起結帳。
私（わたし）が先（さき）に払（はら）っておきます。	我先付。
社長（しゃちょう）のおごりです。 莉香小教室：おごり＝請客	董事長請客。
私（わたし）にご馳走（ちそう）させて下（くだ）さい。	請讓我付。
ご馳走様（ちそうさま）でした。	謝謝您。

小酌一杯

お酒は飲めますか？	會喝酒嗎？
一杯、どうですか？	去喝一杯吧？
一杯、ご一緒したいですね。	想喝一杯。
お酒は弱いです。	不太會喝酒。
お酒は強いですよ。	很會喝酒。
ビールを下さい。	請給我啤酒。
生ビールがいいです。 莉香小教室：生ビール＝生啤酒	生啤酒比較好。
ジョッキで生をお願いします。 莉香小教室：ジョッキ＝生啤酒杯	我要生啤酒！
水割りを下さい。	請給我威士忌加水。
ソフトドリンクを下さい。	請給我無酒精飲料。
ウーロン茶を下さい。	請給我烏龍茶。
もう一杯、どうぞ。	再來一杯，如何？

酔っ払いました！	醉了！
飲み過ぎました。	喝太多了。
もう飲めません！	我不行了！
まだまだいけます！ 莉香小教室：いけます＝撐得下去	我還可以喝呢！
奴は泥酔しています。	那傢伙已經醉醺醺的。
あいつはまだシラフです。 莉香小教室：シラフ＝清醒的臉	那傢伙還能喝呢！
もう一軒、行きましょう！	再去一家吧！
今日は梯子酒しましょう！ 莉香小教室：梯子酒＝續攤喝酒	我們來個不醉不歸吧！
頭がガンガンします。 莉香小教室：ガンガンする＝強烈地痛	頭好痛！
二日酔いです。	宿醉。
平気です。	我沒事。

買機票

とうきょうはつ たいぺい ゆ ねが 東京発、台北行きをお願いします。	我想訂到東京的機票。
とうきょうはつたいぺい ゆ こうくうけん ねが 東京発台北行きの航空券をお願いします。	我想訂東京到台北的機票。
おうふく 往復です。	來回票。
かたみち 片道です。	單程票。
なんじごろ とうきょう つ 何時頃、東京に着きますか？ 莉香小教室：ごろ 頃＝（時間的）左右～	抵達東京是幾點？
たいぺいとうちゃく なんじごろ 台北到着は、何時頃でしょう？	抵達台北是幾點？
せき 席はありますか？	有空位嗎？
キャンセル待ちに入れて下さい。お願いします。 莉香小教室：キャンセル待ち＝候補	我想候補。
ほか ひこうき しら くだ 他の飛行機も調べてみて下さい。	請幫我查其它航空公司的班機。
わたし こうくう 私は＊＊航空のメンバーなんですが… 莉香小教室：メンバー＝會員	我是＊＊航空的會員。

<ruby>乗<rt>の</rt></ruby>り<ruby>継<rt>つ</rt></ruby>ぎしますか？	要轉機嗎？
莉香小教室：<ruby>乗<rt>の</rt></ruby>り<ruby>継<rt>つ</rt></ruby>ぎ＝轉機	
<ruby>直<rt>ちょっ</rt></ruby><ruby>行<rt>こう</rt></ruby><ruby>便<rt>びん</rt></ruby>ですか？	直飛嗎？
<ruby>空<rt>くう</rt></ruby><ruby>港<rt>こう</rt></ruby><ruby>税<rt>ぜい</rt></ruby>を<ruby>払<rt>はら</rt></ruby>わなければいけませんか？	需要機場稅嗎？
<ruby>航<rt>こう</rt></ruby><ruby>空<rt>くう</rt></ruby><ruby>券<rt>けん</rt></ruby>はいくらですか？	費用是多少呢？
チェックイン<ruby>開<rt>かい</rt></ruby><ruby>始<rt>し</rt></ruby>は<ruby>何<rt>なん</rt></ruby><ruby>時<rt>じ</rt></ruby>ですか？	幾點開始報到？

 機場報到

🔊 **Track** 049

ここは、アジア<ruby>航<rt>こう</rt></ruby><ruby>空<rt>くう</rt></ruby>のカウンターですか？	這裡是亞細亞航空的櫃台嗎？
<ruby>２<rt>に</rt></ruby><ruby>３<rt>さん</rt></ruby><ruby>４<rt>よん</rt></ruby><ruby>便<rt>びん</rt></ruby><ruby>東<rt>とう</rt></ruby><ruby>京<rt>きょう</rt></ruby><ruby>行<rt>ゆ</rt></ruby>きですが、ここでいいですか？	234號往東京的班機是在這裡辦報到手續嗎？
<ruby>航<rt>こう</rt></ruby><ruby>空<rt>くう</rt></ruby><ruby>券<rt>けん</rt></ruby>を<ruby>見<rt>み</rt></ruby>せて<ruby>下<rt>くだ</rt></ruby>さい。	請給我看機票。
<ruby>超<rt>ちょう</rt></ruby><ruby>過<rt>か</rt></ruby><ruby>料<rt>りょう</rt></ruby><ruby>金<rt>きん</rt></ruby>を<ruby>教<rt>おし</rt></ruby>えて<ruby>下<rt>くだ</rt></ruby>さい。	行李超重要付多少錢？
このバッグを<ruby>機<rt>き</rt></ruby><ruby>内<rt>ない</rt></ruby>に<ruby>持<rt>も</rt></ruby>ち<ruby>込<rt>こ</rt></ruby>めますか？	這個包包可以拿到機上嗎？

この便は定刻に出発しますか？ 莉香小教室：定刻＝準時	這班飛機會準時出發嗎？
出発はどのくらい遅れる予定ですか？	大概會遲多久呢？
この便を２３４便に変えて頂けませんか？	請取消這個班機，改為234號班機。
ゲート番号を教えて下さい。 莉香小教室：ゲート＝登機門	登機門是？
７番ゲートはどこですか？	7號登機門在哪裡？

 飛機上

🔊 Track 050

すみません、ここは私の席だと思うんですが。	不好意思，這裡是我的位置。
席を替わってもいいですか。	可以跟你換位置嗎？
荷物が棚に収まらないのですが。 莉香小教室：収む＝裝進、納入	這個包包放不下行李架。

すみません、ちょっと手伝って 頂 けますか？	請幫我把行李抬起來。
ミネラルウォーター、ありますか？ 莉香小教室：ミネラルウォーター＝礦泉水。 お湯＝熱開水。　　水 ＝室溫的水	請給我水。
毛布を下さい。	請給我毯子。
ヘッドホンが壊れているみたいです。	耳機好像壞了。
日本の新聞を下さい。	有日本的報紙嗎？
枕 を下さい。	有枕頭嗎？
機内 食 は何時ですか？	機內餐點何時開始供應？
ビーフを下さい。	請給我牛肉。
シーフードをお願いします。	請給我海鮮。
免税品販売をしますか？	會販賣免稅商品嗎？
少し気分が悪くなりました。 莉香小教室：気分＝心情	有點不太舒服。
到 着 時間は何時でしたっけ？	還要多久會到呢？

あと少しで着きます。

莉香小教室：あと少しで＝再一下子

快要到了。

過海關

入国カードを提出して下さい。

莉香小教室：入国カード＝入境卡

請給我入境卡。

パスポートをお願いします。

請出示護照。

今回の目的は？

旅行的目的是？

個人旅行です。

自助旅行。

観光旅行です。

來觀光。

ツアー旅行で来ました。

我是跟團來玩的。

ビジネスです。

來洽商。

滞在期間は一週間です。

莉香小教室：滞在＝短暫的居住，非定居或長住

停留一個星期。

プリンスホテルに泊まります。	住在王子飯店。
知り合いの家に泊まります。	住在朋友家。
バッグを開けて下さい。	請打開那個包包。
プレゼントです。	送禮用的。
知り合いへのプレゼントです。	送朋友的禮物。
これは私の日用品です。	這是私人用品。
自分用です。	自己用的。
申告する物はありません。 莉香小教室：申告する＝申報	沒有要申報的東西。
日本語が少し話せます。	會一點點日文。
日本語はわかりません。	我不會日文。
手荷物受取所はどこですか。 莉香小教室：受取る＝接受	隨身行李領取處在哪裡？
どこが税関ですか？	海關在哪裡呢？
タックス（税金）を支払います。	我付税金。

 詢問搭乘交通工具

すみません、リムジンバスのバス停はどこにありますか？ 莉香小教室：リムジンバス＝機場接駁巴士	不好意思，請問機場接駁巴士搭乘處在哪裡？
ヒルトンホテルの送迎バス乗り場は、どこですか？ 莉香小教室：送迎バス＝往返兩地的接送巴士	往希爾頓飯店的接送巴士搭車處在哪裡呢？
新宿に行きたいんですが、教えて頂けませんか？	要怎麼去新宿？
何に乗ればいいですか？	可以利用哪一種交通工具呢？
一番早く行けるのは、何ですか？	最快的方法是什麼？
一番安い方法は何ですか。	最便宜的方法是什麼？

 搭計程車

タクシーで行きましょうか？	坐計程車去吧。
タクシー乗り場はどこですか？	計程車搭車處在哪？
基本料金はいくらですか？	基本費用是多少？
市内までの料金はいくらですか。	到市內要多少錢？
大阪ホテルまでお願いします。	麻煩到大阪飯店。
この住所までお願いします。	請到這個地址。
武道館までどのくらいかかりますか。	到武道館要多久？
急いでもらえると、ありがたいんですが。 莉香小教室：ありがたい＝感激的	因為我很趕，請開快一點。
あまり飛ばさないでもらえませんか？	請開慢一點。
混んでいますね。	好塞喔。
高速を使って下さい。	請走高速公路。

早く着く、何かいい方法はありませんか？	沒有捷徑嗎？
もう間に合いません。 莉香小教室：間に合う＝來得及	已經來不及了。
次の角を右に曲がって下さい。	請在下一個轉角右轉。
花屋の前で結構です。	請停在花店前面。
ここで結構です。 莉香小教室：結構＝可以、OK	在這裡就可以了。
あの信号の手前まで、お願いします。 莉香小教室：信号の手前＝未超過紅綠燈的地方	麻煩停在那個紅綠燈前面。
すみません、ちょっと待ってて下さい。	請在這裡等。
おいくらですか？	多少錢？
おつりは結構です。	零錢不用找了。

えき 駅はどこにありますか？	車站在哪裡？
ちかてつ えき 地下鉄の駅はどこですか。	地下鐵的車站在哪裡？
しはつでんしゃ なんじ 始発電車は何時からですか。 莉香小教室：始発＝首發 しはつ	第一班電車幾點開始？
しゅうでん なんじ 終電は何時ですか。 莉香小教室：終電＝最後一班電車 しゅうでん	末班車到幾點？
きっぷう ば 切符売り場はどこですか。	車票販售處在哪裡？
おとな にまい こどもいちまい 大人２枚と子供１枚ください。	請給我2張大人，一張小孩子的票。
かいすうけん ひとつづ くだ 回数券を１綴り下さい。	請給我一套回數票。
きょうと おとなおうふくさんまい 京都まで大人往復３枚。	到京都，來回票3張。
ぜんぶ 全部でいくらですか？	費用是多少？

地下鉄に乗り換えます。	換搭地下鐵。
これは急行ですか？	這是急行車嗎？
これは各駅停車ですか？	這是各站停車嗎？
原宿に停まりますか？	會停原宿嗎？
京都まで直行ですか？	直達京都嗎？
東京行きは何番線から発車しますか？	往東京是第幾號線的車？
どこで下車すればいいですか？	要在哪個車站下車呢？
乗り換えが必要ですか？ 莉香小教室：乗り換え＝換車	必須換車嗎？
どこで乗り換えたらいいですか？ 莉香小教室：動詞たらいいですか＝該〜好呢？	要在哪個車站換車呢？
すごい人ですね。	好多人喔。
人が少ないですね。	人好少喔。

新幹線

しんだいれっしゃ きっぷ か 寝台列車の切符を買いたいんですが。	我想買夜行臥舖車。
しんかんせんにさんごごう 新幹線２３５号のホームはどこですか？  莉香小教室：ホーム＝月台	新幹線235號的月台在哪裡？
なんじ はっしゃ 何時発車ですか？	幾點發車呢？
ほっかいどうほうめん ゆ これは北海道方面行きですか？ 莉香小教室：〜行き＝往〜行駛。〜 着 ＝抵達〜	這是往北海道的嗎？
しんかんせんいちゼロいちごう はっしゃ 新幹線１０１号は発車しましたか？	101號的新幹線剛剛發車嗎？
きんえんせき ねが 禁煙席をお願いします。	我要禁菸席。
していせき ねが 指定席をお願いします。	我要指定位。
じゆうせき ねが 自由席をお願いします。	我要自由入座的。
しんだい ねが 寝台Ａをお願いします。	我要頭等車廂（臥舖車）。
しんだい ねが 寝台Ｂをお願いします。	我要次等車廂（臥舖車）。

グリーン車<ruby>しゃ</ruby>をお願<ruby>ねが</ruby>いします。	我要頭等車廂。
グリーン車<ruby>しゃ</ruby>の喫煙席<ruby>きつえんせき</ruby>は、席<ruby>せき</ruby>がありますか？	請給我頭等車廂的禁菸席。
福岡<ruby>ふくおか</ruby>まで大人<ruby>おとな</ruby>1枚<ruby>いちまい</ruby>。	到福岡1張。
公衆<ruby>こうしゅう</ruby>電話<ruby>でんわ</ruby>は何号車<ruby>なんごうしゃ</ruby>ですか？	公共電話在幾號車廂呢？

 搭巴士

 Track 056

バス停<ruby>てい</ruby>はどこですか。	公車站牌在哪裡呢？
ツアーバスはありますか。 莉香小教室：ツアー＝團體旅行	有觀光巴士嗎？
どんな観光<ruby>かんこう</ruby>ツアーがいいですか。	什麼樣的觀光行程比較好呢？
日帰<ruby>ひがえ</ruby>りツアーはありますか。 莉香小教室：日帰<ruby>ひがえ</ruby>り＝當天來回	有當天來回的行程嗎？
半日<ruby>はんにち</ruby>ツアーはありますか？	有半天行程嗎？

<ruby>全<rt>ぜん</rt></ruby><ruby>部<rt>ぶ</rt></ruby>、<ruby>宿<rt>しゅく</rt></ruby><ruby>泊<rt>はく</rt></ruby><ruby>込<rt>こ</rt></ruby>みのツアーですが。 莉香小教室：<ruby>宿<rt>しゅく</rt></ruby><ruby>泊<rt>はく</rt></ruby>＝住宿	全部都是含住宿的行程嗎？
<ruby>費<rt>ひ</rt></ruby><ruby>用<rt>よう</rt></ruby>はおいくらですか？	費用是多少錢呢？
ツアーは<ruby>何<rt>なん</rt></ruby><ruby>時<rt>じ</rt></ruby>から<ruby>何<rt>なん</rt></ruby><ruby>時<rt>じ</rt></ruby>までですか？	所需時間大概要多久呢？
どちらから<ruby>乗<rt>の</rt></ruby>れば、いいですか？	從哪裡上車呢？
このバスは<ruby>青<rt>あお</rt></ruby><ruby>葉<rt>ば</rt></ruby><ruby>台<rt>だい</rt></ruby>に<ruby>行<rt>い</rt></ruby>きますか。	這輛巴士有到青葉台嗎？
このバスは<ruby>長<rt>ちょう</rt></ruby><ruby>距<rt>きょ</rt></ruby><ruby>離<rt>り</rt></ruby>バスですか？	這是長程巴士嗎？
このバスは<ruby>深<rt>しん</rt></ruby><ruby>夜<rt>や</rt></ruby>バスですか？。	這是深夜巴士嗎？
<ruby>荷<rt>に</rt></ruby><ruby>物<rt>もつ</rt></ruby><ruby>預<rt>あずか</rt></ruby>り<ruby>証<rt>しょう</rt></ruby>を<ruby>下<rt>くだ</rt></ruby>さい。	請給我行李寄放證。
<ruby>空<rt>くう</rt></ruby><ruby>港<rt>こう</rt></ruby><ruby>方<rt>ほう</rt></ruby><ruby>面<rt>めん</rt></ruby>のバスはどれでしょうか？	往機場的巴士是哪一輛？
<ruby>何<rt>なに</rt></ruby><ruby>分<rt>ぷん</rt></ruby><ruby>間<rt>かん</rt></ruby><ruby>隔<rt>かく</rt></ruby>で<ruby>来<rt>き</rt></ruby>ますか。	多久來一班呢？
<ruby>後<rt>あと</rt></ruby>どのくらいで<ruby>来<rt>き</rt></ruby>ますか？	下一班多久會到呢？

博物館まで、バス停はいくつありますか？ 莉香小教室：いくつ＝幾個。?	到博物館前還有幾站呢？
ディズニーランドまでの運賃はいくらですか？ 莉香小教室：運賃＝載運費	到迪士尼樂園多少錢？
次で降ります。 莉香小教室：次＝下一個	請在下一站讓我下車。
ここで降ります。	在這裡下車。

 問路

🔊 **Track** 057

すみません、ちょっと道を教えて欲しいんですが。	不好意思，我想問路。
東京タワーはどこですか？	東京鐵塔在哪裡？
お台場へ行きたいんですが。	我想去台場。
行き方は？	要怎麼去呢？
この住所へはどう行ったらいいですか。	這個住址要怎麼去呢？

東京都庁への道を教えて下さい。	請告訴我往東京都廳的路。
トイレはどこですか？	廁所在哪裡？
この付近に、交番か警察はありますか？ 莉香小教室：付近＝附近	附近有派出所或警察局嗎？
薬局はありませんか？	我在找藥房。
本屋を探しています。	我在找書局。
デパートはどの辺ですか。	百貨公司在哪裡？
この近くにコンビニはありますか？	這附近有便利商店嗎？
この場所を地図で指で差して下さい。	請幫我指出地圖上的位置。
この方向は正しいですか？	這個方向是正確的嗎？
道がわからなくなりました。	我迷路了。
ここは初めてです。	第一次來到這裡。
私は方向音痴です。 莉香小教室：音痴＝音痴。	我是路痴。

この道の名前は何ですか？	這是什麼路呢？
遠いですか？	很遠嗎？
近道がありますか？	有捷徑嗎？

參加觀光旅行團

🔊 **Track** 058

観光ツアーに参加したいんですが。	我想參加觀光旅行團。
どんなツアーがありますか？	有什麼樣的行程呢？
パンフレットを見せて下さい。	請給我看行程介紹。
中国語か英語のパンフレットを見せて下さい。 莉香小教室：パンフレット＝手冊	請給我看中文或英文的行程介紹。
日帰りコースがありますか？ 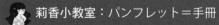 莉香小教室：日帰り＝當日來回	有當天來回的行程嗎？
半日のツアーがいいです。	有半天的行程嗎？

夕方 出発のコースはありますか？ <small>ゆうがたしゅっぱつ</small>	有晚上出發的行程嗎？
金沢へ行きたいんですが。 <small>かなざわ　い</small>	我想去金澤。
昼食がついていますか？ <small>ちゅうしょく</small>	有附中餐嗎？
何時に集合ですか？ <small>なんじ　しゅうごう</small>	幾點出發呢？
何時に帰って来ますか？ <small>なんじ　かえ　き</small>	什麼時候回來？
参加費は一人、いくらですか？ <small>さんかひ　ひとり</small>	一個人的費用是多少呢？
何時までにバスに戻りますか。 <small>なんじ　もど</small> 莉香小教室：戻る、帰る＝返回 <small>もど　かえ</small>	幾點之前要回巴士？

飯店

🔊 **Track** 059

部屋の予約をお願いします。 <small>へや　よやく　ねが</small>	我想預約房間。
空いている部屋はありますか？ <small>あ　へや</small>	有空的房間嗎？
五十嵐達志と申します。 <small>いがらしたつし　もう</small>	名字是五十嵐達志。（謙讓說法）
カードでお願いします。 <small>ねが</small>	刷卡付費。

2泊、お願いします。 莉香小教室：〜泊＝住宿〜晚	預約2個晚上。
シングルを、お願いします。	我要單人房。
ダブルルームを、お願いします。	我要雙人房（一張大床）。
ツインを、お願いします。	我要雙人房（二張床）。
ご宿泊は、何名様ですか？	幾位呢？
二人で一泊、いくらですか？	二位。一個晚上多少錢？
禁煙の部屋にして下さい。	請給我禁菸的房間。
朝食付ですか？ 莉香小教室：〜付＝附〜	有附早餐嗎？
税金とサービス料金が含まれていますか？	含服務費跟税金嗎？
前払いですか？	需要訂金嗎？
当日、お支払いで結構です。 莉香小教室：結構＝可以的	當天付就可以了。

もう少し安い部屋はありませんか？	再便宜一點的房間比較好。
リムジンバスはありますか？	有機場接駁巴士經過嗎？
宿泊先を探しています。	我在找飯店。
空港の近くのホテルがいいです。	機場附近的飯店比較好。
この辺に民宿はありませんか？	附近有民宿嗎？
ビジネスホテルはありますか？	有商務旅館嗎？
できれば市内でいいホテルを希望します。 莉香小教室：できれば＝盡可能的、盡量	我想預約市內的飯店。
郊外のホテルがいいんですが。	郊外的飯店比較好。
素泊まりはできますか？	可以只睡一晚就好嗎？
予算は一泊4000円ぐらいです。	預算是一個晚上4000元左右。
少し予算オーバーです。 莉香小教室：オーバー＝超過	有點貴。
二人部屋をお願いしたいんですが。	想要雙人房。

一泊（いっぱく）２０００円（にせんえん）ぐらいのホテルはありますか？	有一個晚上大約2000元的房間嗎？
値段（ねだん）は？	房間費用是多少？
バス・トイレつきですか？	有附浴室嗎？
料金（りょうきん）にサービス料（りょう）が含（ふく）まれていますか？	住宿費有包含服務費嗎？
もう少（すこ）し安（やす）いホテルはありませんか？	有沒有比較便宜的飯店呢？
あいにくございません。 莉香小教室：あいにく＝很不巧地	很不巧地沒有了。

 飯店櫃台報到

フロントはどこですか？ 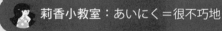 莉香小教室：フロント＝櫃台	櫃台在哪裡呢？
チェックインできますか？	可以辦住房登記嗎？

チェックインをしたいんですが。	我想辦住房登記。
ご予約されていますか？	您預約了嗎？
シングルを予約してあります。	我預約了單人房。
藤原由香で、ダブルを一室予約しました。	我是藤原由香，預約了雙人房。
台湾の旅行会社を通じて、予約を入れました。	我在台灣的旅行社預約了。
お客様のお部屋は６６８号室となっております。	房間是668號房。
こちらがルームカードです。	這是您的房卡。
この部屋はいくらですか？	房間費用是多少？
先に部屋を見たいんですが。	請讓我看房間。
眺めのいい部屋をお願いします。	請給我視野好的房間。
シーサイドをお願いします。	請給我看得見海的房間。

莉香小教室：シーサイド＝靠海側

静かで落ち着いた部屋をお願いします。	請給我安靜的房間。
ツインルームに変更できませんか？	可以換雙人房嗎？
ベビーベッドはありますか？	有嬰兒床嗎？
タオルと歯ブラシと歯磨きはありますか？	有毛巾、牙刷和牙膏嗎？
洗面用具はありませんか？	有梳洗用具嗎？

 客房服務

ルームサービスをお願いします。	我要客房服務。
ルームサービスを取り消します。	取消客房服務。
目玉焼きを1つと牛乳を一杯下さい。	請給我荷包蛋和牛奶。
トーストを一人分とベーコンを一皿、お願いします。	請給我土司和培根。
朝ご飯を部屋に持って来て頂けますか？ 莉香小教室：動詞て頂けますか＝可以幫我～嗎？	早餐請拿到房間來。

192

朝ご飯がまだ来ていません。	早餐還沒送到。
オーダーした料理はまだですか？	點的東西在準備了嗎？
ルームサービスをお願いして、もう1時間経つんですけど。 莉香小教室：経つ＝（時間）經過	一小時前叫了客房服務，但還沒來。
時間がかかり過ぎです。 遅過ぎます。 莉香小教室：い形容詞去語尾い+過ぎます＝過於～	要那麼久嗎？ 好慢喔。
早くして下さい。	請趕快做我點的東西。
料理が冷めています。	菜冷掉了。
ビールを1本下さい。	請給我啤酒。
製氷機はどこですか？	製冰機在哪裡？
新しい物に替えて下さい。	請幫我換一份。

 投宿飯店之疑難雜症

私 の荷物がまだ届いていません。	我的行李還沒有送到。
３０８室ですが。	這裡是308號房。
部屋を替えて下さい。	請幫我換房間。
９２４号室ですが、テレビがつきません。	這是924號房,電視不能看。
貴重品をセーフティーボックスに預けたいんですが。 莉香小教室：セーフティーボックス=保險箱	我想把貴重品放在保險箱。
両替してもらえますか？	可以換錢嗎？
部屋の掃除をお願いします。	請打掃房間。
ベッドメイキングをして下さい。	請整理床舖。
毛布を下さい。	請給我毛毯。
ドアチェーンがありますか？	有門鍊嗎？
冷房が効きません。 莉香小教室：効きません=沒發揮效用	冷氣不冷。

電気（でんき）がつきません。	電燈不亮。
お湯（ゆ）が出（で）ません。	沒有熱水。
蛇口（じゃぐち）が壊（こわ）れています。	水龍頭壞了。
トイレが詰（つ）まって流（なが）れません。	廁所不能沖。
排水口（はいすいこう）が詰（つ）まっています。	排水口塞住了。
見（み）に来（き）てもらえませんか？	可以幫我修理嗎？
天井（てんじょう）から水漏（みずも）れがしています。 莉香小教室：水漏れ（みずも）＝漏水	天花板在漏水。
石鹸（せっけん）とシャンプーを持（も）って来（き）て下（くだ）さい。	請給我肥皂和洗髮精。
クリーニングはできますか？	有洗衣服務嗎？
何時（いつ）、仕上（しあ）がりますか？ 莉香小教室：仕上がります（しあ）＝完成	什麼時候會好？
シャツをクリーニングに出（だ）したいんです。	我想把襯衫送洗。
アイロン台（だい）を借（か）りたいんです。	我想借燙衣台。

朝6時にモーニングコールをお願いします。	早上6點請叫我起床。
莉香小教室：モーニングコール=早上叫起床的服務	
部屋に鍵を忘れました。	把鑰匙忘在房間裡了。
鍵が見当たりません。	把鑰匙弄丟了。
同じ鍵をお持ちですか？	有備份鑰匙嗎？
スペアキーはありますか？	有備份鑰匙嗎？
隣の部屋がうるさいです。	隔壁房間很吵。
この荷物をEMSで出してもらえませんか？	這貨物請航空郵寄。
台湾にファックスしたいんですが。	我想傳真到台灣。
国際電話を掛けたいんですが。	我想打國際電話。
伝言はありませんでしたか？	有留言嗎？

 離開飯店

チェックアウトをお願^{ねが}いします。	我要辦退房。
１６８号^{いちろくはちごうしつしつ}室の郭^{かく}です。	我是168號房的郭。
これが明細^{めいさい}です。	這是您的帳單。
トラベラーズチェックが使^{つか}えますか？ 莉香小教室：トラベラーズチェック＝旅行支票	可以用旅行支票付嗎？
この料金^{りょうきん}は間違^{まちが}っています。	這個費用不對。
この内訳^{うちわけ}について説明^{せつめい}をお願^{ねが}いします。	請說明這筆費用。
この費用^{ひよう}には身^みに覚^{おぼ}えがありません。	這筆費用是什麼？
電話^{でんわ}を掛^かけた覚^{おぼ}えがありません。	我沒有打電話。
有料番組^{ゆうりょうばんぐみ}なんか見^みていません。	我沒有看收費電視。
ワインは飲^のんでいません。	我沒有喝酒。
カードキーを返却^{へんきゃく}します。	還您房間的房門卡。

<ruby>滞在<rt>たいざい</rt></ruby>を<ruby>一日<rt>いちにち</rt></ruby><ruby>延<rt>の</rt></ruby>ばしたいです。 莉香小教室：<ruby>滞在<rt>たいざい</rt></ruby>=在國外停留	多停留一天。
<ruby>滞在<rt>たいざい</rt></ruby>を<ruby>一日<rt>いちにち</rt></ruby><ruby>短<rt>みじか</rt></ruby>くしたいんです。	少停留一天。
<ruby>荷物<rt>にもつ</rt></ruby>を<ruby>明日<rt>あした</rt></ruby>まで<ruby>預<rt>あず</rt></ruby>かって<ruby>頂<rt>いただ</rt></ruby>けますか？	行李可以寄放到明天嗎？
これを<ruby>預<rt>あず</rt></ruby>かってください。	我要寄放這個行李。
スーツケースを<ruby>預<rt>あず</rt></ruby>かって<ruby>下<rt>くだ</rt></ruby>さい。	我要寄放行李箱。
<ruby>預<rt>あずか</rt></ruby>り<ruby>証<rt>しょう</rt></ruby>をどうぞ。 莉香小教室：<ruby>預<rt>あずか</rt></ruby>り<ruby>証<rt>しょう</rt></ruby>=寄放證明	請給我寄放證明。

 語言不通

🔊 **Track 064**

<ruby>日本語<rt>にほんご</rt></ruby>があまりできません。	我不太會日語。
<ruby>中国語<rt>ちゅうごくご</rt></ruby>ができますか？	你會中文嗎？
どなたか<ruby>中国語<rt>ちゅうごくご</rt></ruby>が<ruby>話<rt>はな</rt></ruby>せませんか？	有人會說中文嗎？
<ruby>英語<rt>えいご</rt></ruby>ができません。	不會英語。

198

ゆっくり話して下さい。	請講慢一點。
言葉が通じません。	語言不通。
コミュニケーションがとれません。	無法溝通。
これは日本語で何と言いますか。	這個在日語裡要怎麼說？

需要幫忙

◀ Track 065

助けて！	救命！
助けて下さい。	請救我。
誰か！！	來人啊！！
火事だ！	火災！
緊急事態！緊急事態発生！	緊急狀況！
やめなさい！	不要！
誰か！あの男は泥棒です！ 莉香小教室：泥棒＝小偷	來人！那個男的是小偷！
電話を貸して下さい！	電話借我！

<ruby>緊<rt>きん</rt></ruby><ruby>急<rt>きゅう</rt></ruby>です。	很緊急。
<ruby>救<rt>きゅう</rt></ruby><ruby>急<rt>きゅう</rt></ruby><ruby>車<rt>しゃ</rt></ruby>に<ruby>連絡<rt>れんらく</rt></ruby>して<ruby>下<rt>くだ</rt></ruby>さい。	請叫救護車。
エレベーターに<ruby>閉<rt>と</rt></ruby>じ<ruby>込<rt>こ</rt></ruby>められました。	我被關在電梯裡。

弄丟東西

🔊 **Track** 066

<ruby>電車<rt>でんしゃ</rt></ruby>にスマホを<ruby>忘<rt>わす</rt></ruby>れました。 莉香小教室：スマホ=智慧型手機	把智慧型手機忘在電車上了。
レストランに<ruby>鞄<rt>かばん</rt></ruby>を<ruby>忘<rt>わす</rt></ruby>れました。	把皮包忘在餐廳裡了。
<ruby>確<rt>たし</rt></ruby>かにそこでした。	確實是在那裡沒錯。
<ruby>飛行機<rt>ひこうき</rt></ruby>の<ruby>中<rt>なか</rt></ruby>に<ruby>鞄<rt>かばん</rt></ruby>を<ruby>置<rt>お</rt></ruby>したまま、<ruby>出<rt>で</rt></ruby>てしまいました。	把包包忘在飛機上了。
<ruby>大至急<rt>だいしきゅう</rt></ruby>、<ruby>連絡<rt>れんらく</rt></ruby>を<ruby>お願<rt>ねが</rt></ruby>いします。 莉香小教室：<ruby>大至急<rt>だいしきゅう</rt></ruby>=超緊急	請立刻聯絡。
<ruby>確認<rt>かくにん</rt></ruby>して<ruby>頂<rt>いただ</rt></ruby>けますか？	請確認。
<ruby>遺失物<rt>いしつぶつ</rt></ruby>センターですか？	遺失物招領中心嗎？

| 見つかれば、こちらのホテルに電話して下さい。 | 找到的話，請立刻跟我聯絡。 |
| カードの使用を止めて下さい。 | 請把卡片取消。 |

 遇到小偷

🔊 Track 067

泥棒！	小偷！
スリ！	扒手！
鞄を取られました！	皮包被搶走了。
警察を呼んで下さい。	請叫警察。
財布をすられました。 莉香小教室：すられました＝被偷走	錢包被扒走了。
警察はどこですか。	警察局在哪裡？
現金1万円とパスポートが入っています。	裡面有現金一萬元和護照。
盗難証明書を下さい。	請給我遭竊證明書。
遺失物申請書を下さい。	請給我遺失物登記表。

搭訕

今、一人？	現在一個人嗎？
一緒に…構わない？	可以跟你一起嗎？
これからどこへ行く？	等一下要去哪裡呢？
今晩、誰かと約束がある？	今天晚上有約嗎？
誰か、待ってる？	在等誰嗎？
友達が来る。	我在等朋友。
別に。	沒什麼。
一緒に食事は如何ですか？	一起吃飯如何？
コーヒーを一緒に、どうですか？	去喝杯咖啡吧？
ご馳走します。	我請你。
お名前は？	叫什麼名字？
何年生まれですか？	幾歲呢？
ご住所は？	住在哪裡呢？
携帯番号は何番ですか？	可以告訴我手機號碼嗎？

見た目はよさそう。	看起來好像很不錯。
莉香小教室：見た目＝看起來的樣子	
今日はついている。	今天真幸運。
莉香小教室：ついている＝幸運	
キュート。	你很可愛耶。
イケてる。	你很帥耶。
横、いいですか？	我可以坐隔壁嗎？
ごめんなさい、友達がすぐ来ます。	對不起，我有朋友。
どうぞ、座って下さい。	請坐。

小鹿亂撞

🔊 **Track** 069

好き！	我喜歡你！
愛してる。	我愛你。
以前からずっと好きだった！	以前就一直喜歡你了！

お付き合いして下さい！	和我交往吧！
彼氏になって下さい！	當我男朋友吧！
彼女になって下さい！。	當我女朋友吧！
本気です。	我是認真的。
冗談じゃないよね？	你是真心的嗎？
心臓が口から飛び出しそう。	好緊張。
ドキドキしている。	心噗通噗通地跳。
心臓が止まりそう！。	心臟好像快停止了。
私（僕）の事、どう思っている？ 莉香小教室：どう思っている＝認為如何？	你覺得我怎麼樣？
首を長くして、待っていた。 莉香小教室：首を長くします＝引頸期盼	我一直在等你這句話。
実は私（僕）もずっと前から、あなたの事が気になってた。	我也一直很喜歡你。
ちょっとよく考えさせて。	讓我再考慮一下。

私（僕）ではいけない？	我不行嗎？
他に気になる人がいるとか？	有其他喜歡的人嗎？
隣にいるだけで、いい。	只要和你在一起就覺得很幸福。
傍にいて欲しい！	希望你能陪在我身邊！

莉香小教室：傍＝旁邊

約會

◀ **Track 070**

デートしよう！	我們來約會吧！
どこに行こうか？	要去哪裡呢？
ロマンチックね。	好浪漫喔。
すごいっ！ 百万ドルの夜景。	哇！夜景真美。
キスしてもいい？	我想親你。
キスして。	親我。
チューして。	啵一個吧！
目を瞑って。	眼睛閉上吧！

とけちゃいそうなキス。	真棒的吻。
甘いキス。	你很會接吻。
ぎこちないキス。	接吻真差勁。

> 莉香小教室：ぎこちない＝笨拙的

頬に軽くキスして。	親我臉頰。
皆、見てる。	大家都在看。
気にしない！	沒關係。
甘えちゃおうかな？	可以撒嬌嗎？

> 莉香小教室：甘える＝撒嬌

抱いて！	抱我！
食べさせてあげようか？	我餵你吃。
アーンして！	嘴巴張開！
時間だね、帰ろうか。	差不多該回家了。

求婚

◀ **Track 071**

| 結婚して下さい。 | 嫁給我吧。 |

お嫁に来て下さい。	希望你能嫁給我。
これからずっと一緒に暮らさない？	我們一起生活吧。
絶対、幸せにしてみせます！ 莉香小教室：幸せ＝幸福	我一定會給你幸福。
もしかして…プロポーズ？	這算是求婚嗎？
幸せな家庭をつくりませんか？	一起組織家庭吧。
よろしくお願いします。	請多多指教（答應對方求婚）。
早すぎる。	太早了。
父と母に聞いてからお返事してもいい？	想先問父母的意見。
つまみ食い。暇つぶしだけ。 莉香小教室：暇つぶし＝打發時間	我只是玩玩的而已。
もう少しだけ、自由でいたい。	我還不想結婚。
振られちゃった。	我被甩了。
断られちゃった。	我被拒絕了！

日語學習 004

小資族加薪自學術：日籍莉香老師帶你開始斜槓人生，**日文會話**幫你找到事業新可能

幫自己加薪一點都不難，跟著莉香老師用日文開啟未來新可能！

作　　　者	赤名莉香
繪　　　者	張嘉容
顧　　　問	曾文旭
社　　　長	王毓芳
編輯統籌	耿文國、黃璽宇
主　　　編	吳靜宜
執行主編	潘妍潔
執行編輯	吳芸蓁、吳欣蓉
美術編輯	王桂芳、張嘉容
特約校對	林明柔
封面設計	阿作
法律顧問	北辰著作權事務所　蕭雄淋律師、幸秋妙律師

初　　　版	2022 年 1 月
出　　　版	捷徑文化出版事業有限公司──資料夾文化出版
電　　　話	（02）2752-5618
傳　　　真	（02）2752-5619

定　　　價	新台幣 350 元／港幣 117 元
產品內容	1 書

總 經 銷	知遠文化事業有限公司
地　　　址	222 新北市深坑區北深路 3 段 155 巷 25 號 5 樓
電　　　話	（02）2664-8800
傳　　　真	（02）2664-8801

港澳地區總經銷	和平圖書有限公司
地　　　址	香港柴灣嘉業街 12 號百樂門大廈 17 樓
電　　　話	（852）2804-6687
傳　　　真	（852）2804-6409

▶本書部分圖片由 freepik 圖庫提供。

國家圖書館出版品預行編目資料

小資族加薪自學術：日籍莉香老師帶你開始斜槓人生，日文會話幫你找到事業新可能 / 赤名莉香著 . -- 初版 . -- [臺北市]：捷徑文化──資料夾文化, 2022.01
　　面；　公分 . -- (日語學習；004)

ISBN 978-986-5507-94-7(平裝)

1. 日語　2. 會話

803.188　　　　　　　　　　　110019150